快乐读书吧
·彩图音频版·

部编版小学语文推荐阅读

会飞的教室

[德] 艾利克·卡斯特纳 / 著　曹丹 武晖栋 / 编译

山东人民出版社·济南
国家一级出版社 全国百佳图书出版单位

扫我，可以听！

图书在版编目（CIP）数据

会飞的教室 / (德) 艾利克・卡斯特纳著；曹丹，武晖栋编译. -- 济南：山东人民出版社，2020.6

ISBN 978-7-209-12810-0

Ⅰ.①会… Ⅱ.①艾… ②曹… ③武… Ⅲ.①儿童小说—长篇小说—德国—现代 Ⅳ.①I516.84

中国版本图书馆CIP数据核字（2020）第099640号

会飞的教室

HUIFEI DE JIAOSHI

[德] 艾利克・卡斯特纳　著　曹丹　武晖栋　编译

主管单位　山东出版传媒股份有限公司
出版发行　山东人民出版社
出 版 人　胡长青
社　　址　济南市英雄山路165号
邮　　编　250002
电　　话　总编室（0531）82098914
　　　　　市场部（0531）82098965
网　　址　http://www.sd-book.com.cn
印　　装　北京楠萍印刷有限公司
经　　销　新华书店

规　　格　16开（170mm×235mm）
印　　张　12
字　　数　131千字
版　　次　2020年6月第1版
印　　次　2020年6月第1次
ISBN 978-7-209-12810-0
定　　价　25.00元

前言

世间有千万种遇见，遇见花开、遇见缘分、遇见幸运、遇见朋友。在你翻开这本书的瞬间，正是我们的第一次遇见。

曾几何时，在茫茫书海中，我们彼此擦肩而过，有时候，你竟草草地把我丢在一旁。从此，我们之间仿佛隔着浩瀚的海洋，我再也无法与你相遇。为了给你打造一场关于经典名著阅读的视听盛宴，我又经历了一次重塑的过程，铸就了一个崭新的自己，为的就是再次与你相见。

让你爱不释手是我的责任，也是我存在的价值和意义。曾经有人说，阅读中外文学名著，就是在和一位位文学大师对话；阅读他们的每一本书，都是站在了巨人的肩膀上。难道你不想站在巨人的肩膀上欣赏一番别样的美景吗？对于成长中的你来说，选择阅读经典名著一定不会错。阅读经典名著，点亮人生，让你的视野越来越宽广，能够培养你的思考能力和学习能力，还能帮助你树立正确的人生观和价值观。

为了激发你阅读经典名著的兴趣，更好地感悟经典的魅力，专家们在保证呈现经典名著风貌的基础之上，对我进行了浓缩，意在为你提供一张张步入文学经典殿堂的入场券。

如果你说阅读名著枯燥乏味，我们奉上了精美的内文插画；如果你想提前了解书中的情节，我们设置的“名师导读”栏目足以满足你的好奇心；如果你说对名著内容理解有障碍，我们邀请了名师精心做批注，全程为你答疑解惑；为了帮助你有效地积累优美的词句，我们精心设置了“日积月累”栏目；为了有效提升你的阅读思辨能力，我们还设置了“延伸思考”栏目；为了让你透彻地了解所读名著的情感和价值观，我们精心设置了“读后感悟”栏目。

总而言之，所有的编排都是从阅读的兴趣入手，就是为了让你在阅读中有所感悟，在阅读中得到提升。

至此，我也要郑重地、完美地呈现属于我自己的谢幕台词：我满载着丰富的内涵和人文思想，传达着人类的憧憬和理想，凝聚着人类最美好的情感，满心期待与你的美丽邂逅！

番外：

都说“书中自有黄金屋，书中自有颜如玉”，我却认为，读书会让你遇见一个更好的自己，这绝对是一件非常值得的事情，不是吗？还等什么？抓紧去遇见那个更好的自己吧！

目录

会飞的教室

第一章　胆小的邬理

名师导读

“小说三要素”指的是小说的人物、情节和环境。人物作为小说中不可缺少的重要成分，常常是吸引读者、展现主题的关键。人物形象的刻画程度也可以反映出一部小说的质量。本章作为全书的开篇之章，首先介绍了书中主人公的形象，向读者呈现不同人物的性格特点。邬理是谁？为什么用“胆小”一词来形容他？想必看到这个题目后，每位读者的脑海中都会冒出类似的问题。那就让我们从本章开始，跟随作者的描述，探索《会飞的教室》中的奥秘吧！

十二月初，万木凋零，寒风刺骨。大地银装素裹，皑皑白雪在阳光的照射下显得格外耀眼。路上的行人裹紧衣服在雪中疾行，呵出的气很快凝成了水雾，飘浮在澄净的空中。天上的云朵无忧无虑地飘荡着，它们时不时望向大地，并对人间的百态发几句感慨。

此时，吉奇斯蒙中学的校园也被一层厚厚的白雪所覆盖。这是入冬以来最大的一场雪。天气十分寒冷，校园里一片寂静，甚至连空气也仿佛凝固了。然而，此时的餐厅里却是另外一番景象：同学们你一言我一语，热闹的气氛弥漫在这个狭小的空间中，相比于窗外的世界显得温暖多了。

今天是星期三，按照惯例，吃完午饭之后，学生们将会有整整一下午的自由活动时间。在这段时间里，大家可以打雪仗、堆雪人、溜冰，尽情享受专属于冬天的无限趣味。随着午饭结束，值班老师一声令下，两百个学生同时起身，两百张椅子同时被推进餐桌下面，同学们迫不及待地涌向餐厅的大门，争着去外面享受自由的时光。

“哼！就这么一点点饭菜，怎么能填饱我的肚子嘛！”还没等走出餐厅的大门，“大胃王”马提斯就开始抱怨了。说到马提斯的食量，可着实让人吃惊，他的胃就好像无底洞一般，怎么填也填不满。看看自己扁扁的肚子，马提斯拍了拍身旁好朋友郤理的肩膀，说道：“喂，朋友！能不能借我点钱？我的零用钱已经花完了，中午的那点饭塞牙缝都不够，我必须去买点面包来填饱我的肚子。”郤理听罢也不磨叽，大方地从口袋里掏出钱递给马提斯。

身为贵族的子孙，邬理的口袋里永远装着花不完的零用钱。但这位金发少年的身材却十分瘦小，和食量惊人的马提斯形成了鲜明的对比。❶说实话，邬理的内心是十分羡慕马提斯的，他也渴望能够拥有这么健壮的身体，因为他觉得只有吃得多、身体壮，才能够彰显男子汉的气概。

“不过，现在是不能出校门的，万一被高年级的纠察队抓到了，可就吃不了兜着走了！”邬理在一旁提醒着马提斯。

“你就放心吧，看我的！”马提斯拍了拍自己的胸脯，信心满满地说道。

“下午一点的排演别忘了，在体育馆门口集合！”

“唔……好。”马提斯一边回答，一边迈开大步朝校门的方向走去。❷

当然了，碍于有纠察队的监视，马提斯并不能光明正大地走出校门，相反，他打算悄悄地溜进校门旁边一处属于他自己的秘密通道，再翻墙到面包店去。这个小伙子为了逃出校门买面包可是费了一番功夫。

目送着马提斯的身影逐渐消失，邬理慢慢转身踱步向体育馆走去。

经过一夜的积累，校园里已经积雪盈尺。学生们也不顾凛冽的西北风，精力充沛地在雪地上尽情玩闹。同学们有的在兴高采烈地打雪仗，有的在滑冰，有的在做雪雕，还有的在小心翼翼地堆雪人，玩得不亦乐

❶体型、性格截然不同的两个少年成了一对很要好的朋友，他们之间会发生什么有趣的事情呢？

❷语言描写。通过邬理和马提斯的对话描写，可以看出邬理小心谨慎与马提斯大大咧咧的性格特点。

乎。此刻的校园简直成了一个白雪的世界，到处洋溢着同学们的欢声笑语。有些高年级的同学凭借着自己强于别人的力量，站在树下面，当有同学路过时便故意用力地摇晃树干，让树顶上的雪块落在这些同学身上。一旦诡计得逞，他们便发出哈哈的爆笑声，让人无可奈何。

邬理对于这种恶作剧一向是敬而远之，他不敢正面对抗这些高年级的学生，也不想因被别人欺负而陷入尴尬的境地，于是大老远便绕路避开。不曾想这一走，他竟然走到了自己最害怕面对的地方——校园边的小山冈下。

关于这座小山冈，学校里一直有着各种各样的传说，其中流传最广的说法是，这里曾经是处置犯人的刑场。山上荒草丛生，人迹罕至，白骨遍地，据说还曾经有人听到过山上传出各种奇怪的声音。也正因为如此，这座山被蒙上了一层神秘的面纱。然而，这一切对于充满好奇心的少年来说，却具有极大的吸引力。于是有一个不成文的规定在学生中流行起来：每年的毕业前夕，毕业生们都一定要单独上山，只有带回一块山顶上的石头，才算通过考验。

“你们真的打算上山吗？我有点害怕。”

“哼，这有什么可怕的，就算让我在山顶露营我也一点儿不怕！”

“你说的是你一个人吗？”

……

邬理路过的时候，恰逢几个毕业班的学生坐在山下的石头上，高声讨论上山接受考验的事情。这几位毕业生的表情各异：有的胆怯，有的犹豫，有的则全然无畏。虽然距离自己接受考验还有两年的时间，但邬理实在对自己到时能否接受考验没有把握。一想到阴森森的山路、堆满白骨的刑场和满地的血渍，他不禁毛骨悚然，不由得加快了前进的步伐，想着尽快逃离这个让他恐惧的地方。

经过宿舍时，邬理碰到了许多同班同学。他们有的正打算回宿舍睡觉或者写信，有些用功的同学就到自习室温习功课，有些热爱艺术的同学准备前往琴房练琴，还有一些调皮捣蛋的同学，正悄悄策划着他们的下一个“阴谋”。

突然，宿舍四楼的墙壁吸引了邬理的目光。只见一个人影像蜘蛛一般，正从一个窗口爬向另一个窗口。“这也太危险了吧。”邬理心想。要是换作他站在四楼的窗户上，此时准会慌得瑟瑟发抖呢！

“喂，葛普乐，加油呀！”

“加油！”

一阵欢呼和呐喊声从前面传来。邬理这才发现，此时宿舍前面的院子里已经聚集了一大群人，他们正兴奋地讨论着墙壁上的冒险行动。这群学生的眼中充满着敬佩与渴望，他们好像在仰望心中的英雄。

学校宿舍的每个房间都有一扇不大不小的窗子，窗沿上下各有一块小小的横木，这个本来用作美观和承重的建筑设计，此时居然成了葛普乐的“冒险道具”。只见葛普乐身体贴着墙面，手抓着横木，脚踩着窗沿，一步一步地向另一个窗口慢慢移动。虽然正值寒冷的冬天，他却丝毫没有感受到凉意，仅凭一双通红的小手保持着身体的平衡。由于葛普乐的脸朝着墙面，院子里的同学们看不到他的表情。但在他们心里，这位“盖世英雄”此刻一定沉着冷静、面不改色、信心十足！

邬理屏气凝神地盯着墙上的一举一动，眼睛都不敢眨一下，似乎比葛普乐本人还要紧张，生怕他一不留神，从上面摔了下来。看着看着，邬理不禁手心冒汗，心跳加速，在心里不断为葛普乐祈祷。终于，葛普乐跨过了最后一个窗户，身手敏捷地从窗沿跳到了四楼阳台。

“好棒呀！”

“葛普乐真厉害！”

人群里发出了一阵又一阵的喝彩声。此时的葛普乐像一位真正的英雄站在阳台上，接受大家雀跃的欢呼和崇拜的目光。

刚刚还在为葛普乐捏了一把汗的邬理，此刻也被现场的气氛所感染。他深深地赞叹葛普乐的勇气，盼望着有朝一日自己也能够做到类似的事情。

今天的这一幕，已然深深地印在了邬理的脑海中。❶

❶本来胆小的邬理，却愿意将葛普乐的冒险行为印在脑海当中，可见这位少年也有着自己伟大的梦想。渴望变得勇敢的邬理在之后会做出什么样的举动呢？

日积月累

万木凋零　寒风刺骨　银装素裹　光明正大　兴高采烈　小心翼翼　面不改色

延伸思考

1. 你觉得文中的邬理是一个什么样的人？从哪些情节中可以看出他胆小的性格特点？
2. 本章写到了葛普乐的冒险行动，你认为作者的用意何在？

第二章 剧作家姚尼

名师导读

细腻的情感和华丽的文笔是一名剧作家必须具备的素养。作为圣诞剧的编剧，姚尼的天分让很多同龄人都刮目相看。当回顾姚尼的童年经历之后，我们就会明白他敏感细腻的性格究竟从何而来。被父母抛弃之后的小姚尼幸运地遇到了好心的船长，但曾经的经历依旧是他心中永远的伤痛。

在宿舍楼前停顿了一会儿之后，邬理继续朝着体育馆走去，他要抓紧时间和伙伴们会合，共同排练一出将要在圣诞夜上演的话剧。在体育馆门前，马提斯已经啃着面包，和姚尼、戴马亭等待了好一阵了。

说到戴马亭，“优秀”一直以来都是他的代名词。作为邬理所在班级的班长，戴马亭的功课成绩一直名列前茅，同时他在绘画方面也卓有天赋，是一个绘画高手。在这出圣诞剧的整体准备工作中，戴马亭担任总负责人，包括舞台的设计和布景等等也全是由他一手操办的。当然了，戴马亭的能力大家有目共睹，他也在整个活动过程中赢得了小伙伴们的认可和支持。

至于姚尼，他是这出圣诞剧的编剧。姚尼有着细腻的情感和华丽的文笔，他在文学方面的天赋让很多同龄人刮目相看。但是谈及姚尼的身世，却要费一番唇舌了。

姚尼是一个混血儿，他的父亲是德国人，母亲是美国人。这对夫妇一直以来都是让人羡慕的一对夫妻。但不知为何，从小姚尼出生之后，夫妻二人的感情便出现了裂痕，家中经常听到吵闹的声音。终于有一天，姚尼的母亲一气之下便抛下他们父子二人离家出走了。为了谋求生计，父亲每天带着儿子早出晚归。一旦父亲忙起来，姚尼的基本生活起居根本得不到任何保障。直到四岁，小姚尼都没有上过一天学。也正是小姚尼四岁那年，父亲带他去了纽约港口，准备送他离开。

在港口的甲板上，父亲蹲在姚尼面前，和他说道："你的爷爷奶奶住在德国的汉堡市，你先去和他们住一段时间。等爸爸赚了钱，再去接你回来过好日子。"父亲一边说着，一边在姚尼瘦小的脖子上挂上一张写着爷爷、奶奶姓名的厚纸板："这上面写着的是你爷爷奶奶的名字，等你到了那里，他们会在码头接你的。"说罢，姚尼的父亲便替他买了一张前往德国汉堡市的船票。在见到船长之后，父亲交代了几句话，便转身离开了。❶

❶父亲并没有在岸边目送自己的孩子离开，而是在和船长交代几句话之后便转身离开了，这样反常的举动为后文发生的事情埋下了伏笔。

漫长的旅途过程中，可爱又懂事的姚尼受到了乘客们的喜爱和照顾，有他在的地方就会有欢声笑语。乘客们经常和姚尼开玩笑："你可真幸运呀，小小年纪就可以横渡大西洋了！"亲切和蔼的船长更是经常把他带到船长室，给他吃美味的小零食，并讲一些航海的冒险故事。姚尼的海上生活可谓丰富多彩。

一周之后，船抵达了汉堡市的港口，乘客们陆续和姚尼道别离开。接船的人熙来攘往，但小姚尼却迟迟见不到爷爷奶奶的身影。尽责的船长把他扛在肩上，避免他被人群挡住。可是直到夕阳落山，爷爷奶奶也没有出现。疲倦感袭满了姚尼的全身，望着空荡荡的码头，船长也不知道应该怎么办了。

其实，姚尼的爷爷奶奶是永远也不会出现的，他们在去年就已经过世，这一切都只是爸爸遗弃小姚尼的借口罢了。

见此情况，船长也似乎知道了些什么。但他每天在海上航行，实在无力收养这么一个孩子，于是好心的船长只好把姚尼带到了他的妹妹玛丽家。

玛丽已经结婚多年了，但一直没有孩子，姚尼的到来为这个家庭增加了一份快乐和希望。姚尼在家中享受到了无微不至的关爱，每次船长回德国的时候，也总会去看望他。

然而，即使有很多人用温暖陪伴着姚尼，但当初爸爸在港口放开他的手转身离去的一幕，仍然是他心中不可抹去的

一道伤痕。那个场景甚至经常在他的梦中出现，惊醒这个可怜的孩子，这将是伴随他一辈子的伤痛。

童年的经历造就了姚尼敏感细腻的性格，多愁善感的他对于人物形象的塑造有着超乎常人的天分，同时这种性格也在姚尼的文学创作方面发挥了巨大的作用。姚尼一直以来都立志要当一名作家，用笔书写儿童的世界。他趁放假的时候，在学校写了这一出圣诞剧。开学后，老师在无意中发现了他未完成的手稿，震惊之余满是欢喜。老师对这个作品展现出的极大兴趣也增加了姚尼的信心。

“继续写下去，一定会很轰动的！”老师私下找到姚尼，鼓励他继续完成剧本的写作，并建议将作品搬上舞台。

得到认可的姚尼将自己的全部心血投入其中。

日积月累

名列前茅　有目共睹　欢声笑语　熙来攘往　空荡荡

延伸思考

1. 作为圣诞剧的编剧，姚尼有着超于同龄人的细腻情感。在作者的笔下，他这方面的天分来自哪里？
2. 你认为船长是一个什么样的人？从哪些细节中能够看出来？

第三章　体育馆风波

名师导读

准备排演话剧的这帮孩子遇到了蛮横无理的高年级同学的欺压，他们是应该忍让退缩还是据理力争呢？作为班长的戴马亭用实际行动向我们展示了正义的力量。面对高年级同学的欺压，戴马亭站了出来为众人撑腰，他不畏强势的态度让大家佩服得五体投地。看到受伤的戴奥德灰溜溜地离开体育馆，在场的每个人心中都感到出了一口恶气，紧接着，大家纷纷开始准备排演的道具。

参加排演的学生集合完毕后，戴马亭便带着大家走进体育馆。还没等到达排演的舞台，他们就听到了震耳欲聋的音乐声。不用想，这一定是高年级的学生在排练的地方赖着不走。类似的事情在体育馆里经常发生。

“这群毕业班的人又在跳无聊的探戈，真是一点素养都没有。”塞巴修极为不屑地说道。

他们推开门走近舞台，只见戴奥德穿着长礼服坐在钢琴前，用他那纤细的手指弹着琴键。舞台中央站着十几个高年级的学生，他们两人一组，正跟随音乐练习着最新的舞步。有意思的是，吉奇斯蒙中学没有女同学，因此在跳探戈的时候，必须有一部分男孩子来扮演女生。那些戴着假发、穿着高跟鞋的小舞者们，此刻正艰难地扭动腰肢，装模作样地表演。我们看了不禁捧腹大笑。❶

正在弹琴的戴奥德看到有人进来，便立马想到了来者的意图，开始胡乱地敲打琴键，结果刚刚优美的旋律也变成了咚咚的刺耳声。舞台上的学生们也都停止了练习，目光投向了戴马亭那群人进来的方向。

“对不起，我们需要在这里排演话剧，可不可以请你们先停一会，稍后再继续呢？”戴马亭十分客气地说。

“没门，我们现在练习得正起劲呢，不要打扰我们，待会你们再来吧！”戴奥德的态度十分傲慢，全然不顾学校同学间的情谊。

“可是我们找培克老师申请过，每天中午是我们的排练时间，布告栏上也写得清清楚楚。”

“哼，我才不管呢！”

戴奥德蛮横无理的态度顿时惹怒了众人。身为负责人的戴马亭更是手握拳头，涨红着脸，瞪大眼睛怒视着戴奥德，而戴奥德却对此置之不理，依旧砰砰地敲打着琴键。现场出现了浓浓的火药味。❷

邬理察觉到了紧张的气氛，感到十分不适，他最讨厌吵架或者打架的场面了。此时的邬理心里七上八下，他推了推马提斯的胳膊，想要溜走。看着邬理担心的表情，马提斯便知道他想要做什么了。他一把抓住邬理的臂膀，低声说道：“难道你想要当逃兵吗？戴马亭正需要我们呢！”邬理只好点了点头，站在了戴马亭的身后。

见双方竟然形成了僵持的局面，几个高年级的学

❶在这一部分，作者写到了吉奇斯蒙中学没有女同学的事实，那么话剧《会飞的教室》中有没有女性角色呢？如果有的话，谁来扮演？

❷戴马亭的态度一开始十分谦和客气，可是戴奥德却十分傲慢无礼，这激怒了戴马亭。矛盾不断升级，火药味越来越浓。

生感到十分不满，走上前来将戴马亭团团围住。看到这一幕，戴奥德脸上的笑容更加得意了，他双手在琴键上不断游走，挑衅的声音显得十分刺耳。

此刻，戴马亭实在是忍无可忍了，他一把推开围住自己的高年级学生，大步流星地走到钢琴前，用尽力气合上了琴盖。听到“啪”的一声，在场的人不禁冒出了一身冷汗，惊愕地看着他俩——要知道，戴奥德的手指现在还在琴键上呢！把手伸出来之后，戴奥德一边痛得哇哇大叫，一边捂着手指不断揉擦，刚刚嚣张的气焰也消失殆尽了。

“不要以为年级比我们高就可以为所欲为，如果不服气，你们可以找培克老师告状去！”戴马亭义正词严，一字一句地说道，语气里全然没有一丝畏惧。

“你们一定会后悔的，我们走着瞧！”

手指受伤的

戴奥德只能逞口舌之快了。虽然愤怒正在心中燃烧，但他似乎更需要前往医务室，让医生及时治疗那发红的手指。

带着青一块白一块的脸庞，戴奥德弯着腰向门口走去，刚刚趾高气扬的其他几位高年级学生也低着头，默不作声。马提斯和塞巴修装作很有礼貌的样子，为这些“逃兵们”打开体育馆的大门，并做出了送客的手势。

“哇，你好棒啊！居然赶走了高年级的学生！”

邬理眼神中流露出钦佩的目光，经过刚才的事情，他对这位成绩优秀、勇敢上进的班长更加佩服得五体投地。

“好了，大家赶快行动起来，我们抓紧时间进行排演吧！”戴马亭下令道。

邬理不好意思地吐了吐舌头，赶紧转身开始准备道具。

日积月累

震耳欲聋　纤细　捧腹大笑　蛮横无理　七上八下　消失殆尽　趾高气扬　钦佩　五体投地

延伸思考

1. 戴马亭和戴奥德等人发生冲突的原因是什么？
2. 你如何看待戴马亭在面对高年级学生欺压时的做法？如果在场的人换作是你，你会怎么做？

第四章　会飞的教室

名师导读

未来的教室会变成什么样子呢？相信每位读者心中都会有一个专属于自己的答案。在姚尼的想象中，教室是一个大飞机，老师带领着同学们坐在飞机上，飞机载着他们飞越世界的大好河山。在整个旅途中，他们看到了维苏威火山口流动的岩浆、遇到了埃及金字塔中的古夫王、得到了天使圣彼得的帮助……大家津津有味地排演着话剧，歌曲《平安夜》的旋律将整个话剧推向了高潮。然而就在这时，狼狈的符德麟闯进了体育馆，给大家送来了一个意外的消息。

今天他们将要排演的便是姚尼写的剧本《会飞的教室》。作为学生们日常学习的场所，教室在很多同学心中都处于一个神圣的地位。同时，对于教室未来的样子，他们也饱含着憧憬与幻想：未来的教室可以像电影院一样，让我们舒舒服服地躺在荧屏前听课吗？或者可不可以像一个游乐场，边玩耍边学习新知识呢？不可否认，少年的想象力是极为丰富的，也正是一颗颗对未知的好奇心推动着他们不断探索奇妙的世界。

姚尼想象中的教室，是另外一番景象：他幻想教室可以变成一个大飞机，老师带领着同学们坐在飞机上，飞机载着他们飞越世界的大好河山、名胜古迹。每到一个地方，飞机便会悬浮在空中，老师可以给学生们讲解这里的历史文化或者地理知识，这种身临其境的教学方式不仅可以加深学生们的印象，增强学习效果，而且可以大大提升学生们的学习兴趣。可以说，这是姚尼心目中最为理想的教学模式了。

在这场话剧中，老师的角色由塞巴修来担任。他戴上假胡子后一本正经的模样确实还挺像那么回事呢！

“理论与实践的结合是学习过程中极为重要的一环，当课本上的内容真实呈现在学生眼前的时候，更能加深他们对于知识的记忆与理解。”这是姚尼灵机一动想出来的一个开场白，他觉得文绉绉的话语更能吸引老师和同学们的注意。

再来看看舞台上的布景。一个巨大的飞机已经呈现在了舞台中央，飞机的外貌是由戴马亭亲手绘制出来的。他在一块巨大的白色厚纸板上画出了机身，除此之外，还费尽心思做了三个螺旋桨、三个发动机和一道活动门。这样不仅飞机本身看起来惟妙惟肖，而且老师和学生们还可以从活动门里自由进出呢。等到正式演出那天，戴马亭还计划将飞机钉在一块悬空的木头上，这样更能增强现场的真实感。

“真是太棒了！我们就把飞机叫作‘会飞的教室’，你们觉得好不好？”戴着胡子的塞巴修提议道。

“好的！”

“会飞的教室，这个名字真好听！”

大家对此一致表示赞同。

邬理在剧中扮演一个小女孩，他瘦小的身材正好适合这个角色。为了能够借来演出时穿的衣服，邬理三番五次地去找堂姐寻求帮助，好不容易才借来了一件连衣裙和一双靴子。他一穿上，大家伙儿便笑得喘不上气，但又不得不承认挺像女孩子的。

衣服的问题解决了，头发怎么办呢？看着邬理的小平头，大家都绞尽脑汁地想着主意。突然，马提斯灵光一闪，说：“我们可以找克里格先生借一顶假发！”

克里格先生是学校有名的理发师，但他的知名度并不是由他精湛的剪发技术提升上来的，而是源自他对学生的关心和爱护。

“租金五马克，”看着邬理和他的朋友们，克里格说道，“不过……假如大家以后都在我这里剪发的话，可以算便宜点。”

在场的学生们都纷纷点头，并表示还会带自己的同学来这里理发，老板的生意会越来越兴隆。最终，一顶金黄色的长发以两马克租金成交。感谢过克里格先生后，大家便返回了体育馆。

在回去的路上，邬理特意穿好裙子带上假发，想要看一看效果。结果，街上的人不仅没有认出他的真实身份，还有男孩子对着他吹口哨呢！❶

❶邬理穿上裙子之后的效果从侧面反映出他身材的瘦小，与第一章对该人物的描写遥相呼应。

“排演现在开始！”戴马亭下令道。

大家马上各就各位，一边等待着话剧开始的提示音，一边在脑海中不断回想着接下来的剧情。

随着幕布被缓缓拉开，第一幕开始了。飞机从地面慢慢升起，将要载着老师和同学们前往课本中提到的一些地方，大家脸上都洋溢着兴奋的笑容。

紧接着来到了第二幕。飞机穿过千山万水，到达了意大利维苏威火山口。布景立马换成了火焰山。这座火焰山是戴马亭花了好几个晚上做出来的成果。那不断冒出的火焰和正在流动的岩浆，看起来逼真极了。

至于火山呢，它是用一片片保利龙板堆叠而成的，矗立在舞台上，看起来十分巍峨壮观。

飞机上，塞巴修所扮演的老师一边抚摸着长长的胡子，一边摇头晃脑地对学生们讲解火山地形和喷发的过程。学生们也若有所思，一个个听得津津有味。在听完老师的讲解后，埋在维苏威火山下的庞贝古城引起了同学们的兴趣，他们不断对这个距今已有一千九百多年历史的建筑提出自己的疑问，老师也不厌其烦地一一解答。

火山旁的这一课，一定会给大家留下深刻的印象。

过了一会儿，大家依依不舍地离开维苏威火山，准备前往下一个目的地——埃及。

这是第三幕。随着飞机在天空中不断飞行，火山逐渐变得模糊，众人眼前呈现的是一望无际的沙漠。老师解释道："我们来到了世界上面积最大的沙漠——撒哈拉大沙漠。"学生们这才恍然大悟。

终于，飞机缓缓降落了，埃及最大的金字塔——古夫王墓展现在了大家的眼前。老师站在金字塔前，讲解着古埃及的历史，以及法老王陵墓的建筑特色和相关传说。

突然，一个人从陵墓中走了出来，只见他的脸上涂满了各种颜色的油彩。原来，这是姚尼所扮演的古夫王。

"啊！孕育万物的尼罗河……"一出场，古夫王便先颂诗一首，赞美尼罗河的伟大，并歌颂水神的恩赐。

看到古夫王出来，大家都感觉眼前一亮，老师也开始向大家说明木乃伊的制作过程。

一旁的古夫王看到大家对他不理不睬，并且还把他当作教学工具，十分气愤。他摆出了国王的威严，下令召见星象师，并对星象师大声呵斥道：

“你不是说过，我一旦离开这个世界，世间的万事万物都会毁灭吗？这一些衣着奇异的人是从哪里来的？他们不仅没有消失，居然还不把我放在眼里，这成何体统！”

学生们听完哈哈大笑，对古夫王说：“古夫王，你已经去世四千多年了，世界不仅没有毁灭，科技还越来越发达了呢！现在已经到了20世纪，人们可以坐在飞机上前往任何自己想去的地方，不仅如此，我们还可以用电话和相距很远的朋友聊天哩！”

古夫王听到学生们的话，半信半疑，但还是瞪着星象师说：“听着！事实摆在这里，我不听你的任何解释，我要免除你的职务，处你死刑！”星象师听罢双腿一软，一屁股坐在了地上。

听着古夫王一本正经的恐吓，再看到星象师害怕的样子，邬理扮演的小女孩不禁扑哧一声笑了出来。古夫王更加怒不可遏，他严厉地看着小女孩，双手在空中画了一个诡异的图案。顷刻之间，小女孩便好像中了魔法，和古夫王一同消失了。

突然发生的意外让大家顿时手足无措，他们在金字塔周围一边走，一边拼命地喊着小女孩的名字……然而，此时的金字塔，找不到任何可以进入的地方，即使大家喊破了喉咙，里面也没有一丝动静。老师这时候也束手无策了。夜幕渐渐降临，大家也都感到十分疲惫，此时他们必须尽快撤离，否则夜晚沙漠上的大风会把他们吹散的。无奈，老师和同学们只好乘着飞机，神色黯然地离开了神秘的埃及。

天色变亮后，几只可爱的北极熊正在舞台上欢快地玩耍，布景也换成了冰天雪地。只见大雪纷飞，寒风刺骨，飞机降落在冰面上，大家出来后都冷得直发抖。

不过他们惊奇地发现，虽然这里是极地，但却和地球上其他地方一样平坦。行走在冰面上，他们不用担心一个不留神滑到南极，也不会有人走着走着飞到地球外头。

这时老师又开始了讲解，他从物理学的角度向大家阐释这些现象发生的原因，引得学生们连连赞叹大自然的神奇。

飞机又启动了，大家准备返回沙漠去寻找小女孩。不料，途中仪器发生了故障，飞机被迫降落在天堂。只见这里云气缭绕，阳光明媚，天使圣彼得❶穿着雪白的衣服，正坐在一棵仙树下悠闲地看着报纸。

❶ 圣彼得是早期基督教的领袖。他曾经是加利利湖捕鱼为生的渔夫，耶稣的大弟子，也是耶稣最喜爱的得意门生。

“这里是天堂，天堂是透明的，没有什么好参观的，也请你们不要拍照。”圣彼得看了看这些不速之客，吟唱着说道。

老师看到圣彼得在这里，十分惊喜。他向圣彼得讲述了之前在沙漠的经历，并恳求天使救出被古夫王带走的小女孩。圣彼得听罢，双手合十，眼睛微闭，口中念念有词，像是和谁在交流着什么……霎时，小女孩出现在了云端，从空中慢慢地飘落下来。大家十分高兴，个个欢呼雀跃，并和圣彼得一起唱起了歌《平安夜》……

这时候就到达了整个话剧的尾声。圣诞节当天，《平安夜》这首歌是由全体演员一起合唱的，他们计划以此作为整个表演的结束。

正当大家伙儿排演到邬理从天空中飘下来的片段时，只听“嘭”的一声，体育馆的大门被狠狠地撞开了。大家都吓了一跳，音乐声也戛然而止。后台工作者都探出头来，想要看一看发生了什么。

“你……你们知道……发……发生了什么吗？”冲进来的是戴马亭的同班同学符德麟。只见符德麟的衣服被撕破了好多地方，脸上和手上还有几处瘀伤，看起来狼狈极了。❶

❶对符德麟形象的描写为之后突发事件的叙述奠定了基础。

“你快说，到底发生了什么事？”戴马亭听到符德麟断断续续的话语，赶紧问道。

“我们在下学回去的路上遭到了职业学校学生的埋伏，他们偷袭我和葛洛迪。葛洛迪被他们抓走了，而且听写簿也落到了那帮学生手里。”

“完了，看来还得重新记单词了。”马提斯最先叹了口气。❷

❷语言描写。马提斯最害怕学习，听到听写簿被抢，第一反应是还得重新记单词，生动形象地表现出了马提斯的内心想法。

葛洛迪的爸爸是德文老师葛禄依，而那本听写簿正是葛洛迪将要带回去给他爸爸批改的随堂测验。听到复习了一晚上的成果就这样被抢走，大家都有些恼怒，尤其是记性最差的马提斯。

“我们该怎么办呢？”大家纷纷问道。

“先去救人！”戴马亭当机立断。

“走！我们先去找禁烟老师！”

大家从体育馆内飞奔了出来，喘着气一同朝着一个小花圃跑去。位于校园围墙外的这个小花圃，已经成为同学们遇到困难时第一时间想到的地方，这种默契可不是一天两天就可以形成的。

日积月累

憧憬　身临其境　文绉绉　惟妙惟肖　精湛　洋溢　巍峨壮观　若有所思
津津有味　不厌其烦　一望无际　手足无措　神色黯然　戛然而止　狼狈

延伸思考

1. 少年们排演的话剧共有几幕？在剧中飞机载着他们到达了哪些地方？
2. 请谈谈你对话剧开场白的理解。
3. 为什么符德麟的形象非常狼狈？他在回家的路上遇到了什么事情？

第五章　了不起的人

名师导读

校园围墙外的小花圃中，有一个废弃的车厢。就是这个十分不起眼的地方，在同学们心中却有着极高的分量，因为有一位了不起的人生活在这里。被同学们称为“禁烟老师”的这位中年男子，似乎总是独来独往。至于他为什么生活在这里，学生们也不得而知，但他仿佛对人生有着自己独特的见解。每逢周末，同学们都喜欢跑到这个小花圃中，和禁烟老师一起谈天说地，互诉衷肠……

大家口中的“禁烟老师”是一位中年男人。“禁烟老师”这个外号来源于他的居住场所——一个挂着“禁烟专用”小牌子的废弃车厢。虽然这个车厢已经被改造成一间别致温暖的小屋，但“禁烟老师”的名号传开之后，大家从此便也都这么称呼他了。然而，在这个“禁烟”小屋里却经常可以看到禁烟老师吸烟的身影，他“老烟枪”的真实身份在这里暴露无遗。禁烟老师其实并不是学校里的老师，至于他的真实姓名和职业，大家也不得而知，但这丝毫不影响学生们对他的爱戴与崇拜。

禁烟老师的年龄看起来和同学们十分尊敬的舍监——培克老师相当。但与培克老师不同的是，禁烟老师是个“话痨”，他喜欢和同学们交流讨论，话题可以从新闻时事到生活琐事，从星河天体到昆虫世界。也正因如此，在学生们的眼中禁烟老师无所不知、无所不晓，大家碰到疑难问题的时候，第一时间想到的不是去找培克老师，而是飞奔到这个花圃，敲响禁烟车厢的小门。

每逢和学生们谈论起花圃中的花朵时，禁烟老师的脸上总会洋溢着慈祥的笑容。他对于植物独特的见解也让大家耳目一新，收获了很多人生的哲理。

“别看这些植物的种子长得很小，但它们的力量却是惊人的。当春风来临，感受到暖阳沐浴的种子便会争先恐后地探出嫩嫩绿绿的芽，瞧一瞧这个神奇的世界。这个过程可能十分艰难，但成功过后的喜悦只有它们自己知晓。我喜欢播种，因为在我看来，一粒种子就是一个希望。”❶

❶每一个生命的存在都有其独特的价值，每一个顽强拼搏的过程背后都孕育着一份希望。禁烟老师对植物的见解十分独到。

禁烟老师的小花圃里长着各种各样的花朵，同学们经过这里时，总会被颜色鲜艳的小花所吸引，有时候还可以看到蝴蝶在花丛间穿梭呢！小花圃里花的种类非常繁多，甚至一

年四季都可以看到有花儿在这里绽放，花丛中每一个盛开的花朵都散发着生命的气息。

姚尼最崇拜的人便是禁烟老师了，他非常享受和禁烟老师在一起的时光。两人经常相约一起阅读，特别是在周末的清晨，他们会各自拿一本书，躺在绿油油的草地上体会文学的魅力。

冬天下雪的时候，禁烟老师会在屋里点起小小的火炉。白白的浓烟不时地从车厢上面冒出，给寂静的冬夜带来了一丝温暖。尽管屋外严寒，小屋里却暖和极了。

今年的圣诞节马上就要到来了，姚尼一直在思考着给禁烟老师送什么礼物。他现在打算着，在厚毛袜、香烟或者墨绿色的毛衣当中选一种。当然了，这些礼物都一起送也是完全可以的。

班长戴马亭的家境比较贫寒。一直以来，他都是凭借优异成绩换取奖学金来支付上学期间各种费用的，所以他的口袋里并没有多余的钱买礼物。今年圣诞节，他以禁烟老师为主题作了一幅画，计划将其作为圣诞礼物送给禁烟老师，而这幅画的名字就叫作《遗世独立的人》。

画中，一个风度翩翩的人物坐在花丛中，闭眼凝神，仿佛在感悟大自然的美好。只见他的肩头停着可爱的鸟儿，蝴蝶也在他身边翩翩起舞，远处还有几位少年在朝他兴奋地挥手。整个画面是那样和谐与宁静。戴马亭相信，虽然这份礼物并不贵重，但禁烟老师一定能从中看出他的真情与用心。

大家虽然没有当面询问过禁烟老师的姓名和身份，但多多少少都会产生一定的好奇心。在同学们的记忆中，禁烟老师似乎总是独来独往，没有谁见过他与哪个朋友结伴出去聚餐，也没有一个亲戚到他的小屋找过他。

每天傍晚，禁烟老师会穿上他那件最好看的衣服到城里去，他从来没有和别人说起过他为什么外出，大家也不知道他要到哪里去。直到有一天，走读学生葛洛迪在回家的途中看到禁烟老师在一家小餐馆里弹钢琴，等到餐厅快关门的时候他才停止弹奏，然后坐在餐桌前吃一顿热腾腾的晚饭——这顿饭应该是他的劳动所得吧。从那时起，这件事便在学生们当中流传开来。但不论真假，禁烟老师在同学们心中的形象依旧十分高大，大家仍然觉得他是个了不起的人。至于为什么禁烟老师会跑到这个偏僻的地方隐居起来就不得而知了，但大家相信他一定有着难言的苦衷。或许是以前遭受了什么打击，被迫远离纷杂的城市，在郊区学校旁落脚。即使他必须到那个烟雾缭绕、人声嘈杂的餐馆里弹琴，也只是不得已而为之罢了。

在学生们眼中，禁烟老师更像是一个大朋友，他和学生们总能找到共同的话题。大家在禁烟老师面前也没有什么顾虑可言，能说的不能说的都肆无忌惮地向禁烟老师倾诉。可以说，禁烟老师和培克老师的性格大相径庭。培克老师外号又叫“正义老师”。虽然学生们对他十分敬重，但这位为人正直的老师难免有时候对学生们要求过于严格，所以碰到打架这种事，大家非找禁烟老师不可。

日积月累

别致　不得而知　耳目一新　热腾腾　纷杂　烟雾缭绕　人声嘈杂

不得已而为之　大相径庭

延伸思考

1. 从禁烟老师对植物的见解中，你产生了哪些新的人生思考？
2. 禁烟老师的外号是从哪里得来的？他在同学们心中是一个什么样的人？
3. 在对禁烟老师这个人物形象的塑造过程中，作者用了哪些手段？

第六章 校际的恩怨

名师导读

少年们飞奔到小花圃间那所冒着白烟的小屋，渴望能够获得禁烟老师的帮助。符德麟抓住了讲故事的机会，将路上遇袭的事情添油加醋地讲了一遍。禁烟老师则对这件事发生的缘由十分感兴趣，他从同学们的口中知晓了两校间长期以来存在的恩怨。然而，葛洛迪依旧身陷困境，救援行动刻不容缓。在获得禁烟老师的许可后，同学们不顾地上厚厚的积雪，呵着白茫茫的热气向艾嘉兰家的方向跑去。

一行人跑出校门，还没等跑到小花圃，禁烟小屋屋顶上的白烟就已经在向他们招手了。戴马亭、姚尼、塞巴修和受伤的符德麟快步踩过庭院前厚厚的积雪，来到禁烟老师门前。

而邬理此时内心的彷徨只有他自己能够感受得到。他一直走在队伍的最后面，虽然也是一路小跑，但心里一直都在打着退堂鼓。这一路上，因为有马提斯的陪伴，邬理才有些许的底气来支撑他前进的步伐。

“终于可以好好地打一场架啦！”马提斯的拳头在空中用力划了几下，脸上的表情也丝毫掩饰不住他心底的激动与兴奋。

“非得打架不可吗？有没有什么其他的解决办法呢？”邬理的语气显得忧心忡忡，和马提斯的神态截然相反。

“那当然是必须打架啦！不打架怎么能救回葛洛迪呢？还有……还有被

抢走的听写簿，那个必须得要回来！”马提斯说前半句话的语气十分坚定，但当提到听写簿的时候，他还是稍稍犹豫了一下。❶

❶此处对马提斯的细节描写充分反映出他矛盾的心理活动：既渴望通过“战斗”救回人质，又不想拿回自己写得很糟的听写簿。

“唉！我实在是不希望看到打架的场面，但愿能够用其他方式处理这个问题吧。”

“这次考试卷子中德文单词听写的那部分，我在上面一通乱写，搞得乱七八糟。”马提斯一脸懊悔地说，“单词听写可真是要命啊！职业学校的那些坏蛋最好乖乖地放回葛洛迪，至于听写簿嘛……不还也就罢了！”

“马提斯，有时候我就在想，如果我能跟你对换一下身份就好了。”邬理一边说，一边用羡慕的眼神看着马提斯。

“什么？”这句突如其来的话着实把马提斯吓了一跳，他实在不敢想还有人会愿意变成自己这个样子。

“我想说，虽然我的功课成绩比你好一点，但胆量却和你相差太多了。我做梦都想拥有你那样的胆量，哪怕只有你的一半，我也心满意足了。什么功课成绩之类的事，我也就不在乎了！”

“你可真是站着说话不腰疼！我觉得我的脑子就像是豆腐做的，一团糊状。虽然我在家花了很多的时间复习功课，但就是搞不明白。可能我就不是学习的那块料吧！对你来说，读书可能是一件十分容易的事，但于我而言，一个单词中多一个A少一个A有什么大不了的嘛！我的梦想是当一名拳击运动员。当拳击运动员不用知道单词怎么拼吧。如果有人敢质疑我的实力，我就挥动挥动我的拳头……嘿！嘿！”

越是听下去，邬理心里就越是沮丧。看着马提斯带风的拳头，邬理只能默默地搓着他那冻得发红的手指。

“唉，你真是有所不知啊！我曾经尝试过好多办法想要治好我胆小的毛病，但总是不能成功。至于这些失败的方法，不提也罢，不提也罢！”一提到这个话题，邬理就显得十分伤心，“每次我下定决心的时候，总会有各种各样的想法阻碍我的行动，而且我也总能给自己找出躲避的借口。被别人嘲笑也就算了，现在连我自己都开始瞧不起自己了！我真的非常想提起勇气，但不知道怎么回事，就是提不起来。”

“你自己怎么想是由你自己来决定的，但你怎么知道别人也认为你很胆小呢？”马提斯问道。

“因为我总是临阵脱逃呀！别人不可能发现不了的。”邬理垂头丧气地说，“这个习惯可真是让人讨厌！”说罢他还用脚使劲踢着地上的积雪。

“那你曾经有过什么打算吗？是不是想做一件轰轰烈烈的事，让大家对你刮目相看？”马提斯说。

邬理猛地点着头。但什么样的事能够让人刮目相看呢？别说做了，就是让他自己想这么一件事，也是相当困难的。

马提斯并没有注意到邬理表现出来的窘态，他摸着肚皮，嚷嚷道：“我的肚子又饿了！”

“你不是刚刚才吃过面包的吗？”邬理再一次被马提斯的食量震惊到了。

“唉！那点小面包哪里够填饱我的肚子呀！再说这都已经过去好久了。早上在课堂上听写的时候，我的肚子就饿得咕咕叫了，哪里有什么心情管纸上写的是A还是V啊。当时真恨不得把那些单词都变成一个个大面包，我一定能一口气吃光它们！”马提斯的表情还显得有一些委屈。

这个时候，禁烟老师已经走出了车厢，斜靠在门边。他穿着一件快要被磨破的运动服，嘴里衔着一支长把子烟斗，耐心地听着符德麟报告整件事情的来龙去脉。在这个过程中，禁烟老师的表情都没有一丝波动。

符德麟平日里就是一个讲故事的高手，他能把一件很普通的事情说得天花乱坠。刚才在体育馆里的时候，他因为心情过于激动没能把事情的前因后果讲清楚，现在好不容易逮到机会把受袭的过程详详细细地描述一遍，当然了，其中不免有一些添油加醋的成分。

“……我死命地跑，好不容易才摆脱那几个伏击我们的追兵，逃出他们的追击圈。”符德麟长长的报告总算是结束了。在这个过程中，禁烟老师一直都在静静地听，没有打断，也没有对此发出任何的评论。直到听完，禁烟老师才开口邀请他们四个进屋。然而，挤着坐在旧沙发上的四个少年心里十分着急，恨不得马上起身去讨伐那帮职校生。

“我们现在最先要做的，不是去职业学校吵闹着让他们放人，而是应该先到葛洛迪家，打听一下他是不是回家了。如果他回到了家中那么便万事大吉，这件事指不定是那帮职校生闹着玩的恶

作剧。”戴马亭不愧是班长，他最先冷静下来，认真地分析道。

禁烟老师点了点头，表示同意他的想法。

“如果我们去打听他是否到家的消息，可一定不能被葛禄依老师发现了。他家不是有一位佣人嘛，我们可以找她来问一问。”

“好！这件事包在我身上了。”符德麟平时跟葛洛迪相处得最好，由他去打听这个消息能够在很大程度上降低事件被发现的风险，他是最合适的人选了。

“我听说艾嘉兰是职校生的领袖，我们几个不妨到他家看一看。假如对方没有放出葛洛迪，也不交还听写簿，我们就攻击艾嘉兰，把他抓起来当人质，用作交换葛洛迪的筹码，你们觉得怎么样？”这时发出声音的是塞巴修，他有着冷静的头脑，现在的表情也若有所思，似乎可以做出正确的判断。

符德麟一边听着大家对该事件的分析，一边喝了几口热水，并对着小火炉暖了暖自己的手，准备出发到葛洛迪家。虽然他现在身上有伤，但看到身边有这么多支持自己、帮助自己的朋友，心中十分感动，此时这点痛又算得了什么呢？他推开门，一下子钻进寒冷的北风中，头也不回地飞奔了起来。

“职校生为什么会无缘无故地抓走葛洛迪，又为什么会抢走你们的听写簿呢？事起必有因，你们之间以前是不是存在什么过节，又或者有什么私人恩怨？”一直默不作声的禁烟老师在符德麟走后，用平和的口气提出了自己的疑问。刚刚符德麟在描述事件过程的时候，情绪明显比较激动，禁烟老师也不好提出什么意见，担心符德麟多想。现在向大家询问原因之后，在场的三个少年你望着我，我望着你，没有一个人最先张口回答。

戴马亭看了看禁烟老师，然后拍拍姚尼的肩膀，说道：“这件事还是你来说吧！”

姚尼听到后，呼了一口气，清了清嗓子，说：“谈到我们和职校生之间的恩怨，可有的聊了，这个话题牵扯到了太多事情。大家还记得几年前学校扩建的那件事吧，因为地基等原因，我们学校的领导和职校的领导发生了比较大的纷争，双方谁也不让谁，事态闹得很僵。从那时候起，我们学校的学生和职业学校的学生之间便结下了梁子。他们觉得我们凭借着自己优秀的成绩便自视过高、目中无人，很不喜欢我们这种心理；而我们呢，则认为他们流里流气，不懂得认真学习，就靠打扮自己、穿好看的衣服或者把书包拉得长长的来吸引别人的注意，完全没有当学生的样子。”

“这里还尤其得说到走读的学生，我们经常和他们在上下学途中相遇，双方在搭车抢座位上也存在一些摩擦，对方不讲理的态度太让人生气了。不过最近有一次，我们学校的住宿生们趁职校生外出的时候，跑到他们操场抢走了骷髅旗，那可是他们……”说到这里，姚尼停顿了一下。戴马亭在一旁赶紧补充道：“那是他们设计出来的第二面校旗。每次职校生和我们发生冲突的时候，他们便会拿出那面旗子装腔作势地吓唬我们，上面画着的骷髅头看着就令人作呕，我们实在是忍受不了他们这样耀武扬威，所以才抢了过来。”

“对！”姚尼点点头，接过话茬继续说道，“当他们发现旗子不见了之后，第一时间便想到是我们干的。他们确实猜得挺准，这一点我们倒是必须得承认。不过令人懊恼的是，他们居然把状告到了培克老师那里。老师知道后把我们叫到办公室狠狠地批了一顿，还让我们在四天之内归还旗子。这次培克老师的态度十分严厉，我们也不敢不听从。”

“其实培克老师清楚两个学校学生之间的仇视程度，”姚尼继续补充道，“不过他不希望我们通过这种见不得人的手段实施报复，而要用光明正大的方式来战胜职校生，比如他曾鼓励我们在运动会上赢过他们。培克老师说：‘这种偷旗子的方式实在是上不了台面，茶余饭后聊起来也只能成为别人的笑柄。’”

“对，我也赞成他的观点。”禁烟老师点了点头。

“我们从中受教颇深，于是第二天就把旗子悄悄送到了职业学校的操场上，并没有拖到第四天。”

“不过……”塞巴修突然插话，打断了姚尼的叙述，“不过，那面旗子有一些破损，这个问题解决起来还是有点麻烦的。”

“何止是一些破损，那面旗不注意看就好像一块烂抹布。”戴马亭补充道。

“旗子上面的图案实在是太难看了，让人感觉非常不好。我们偷过旗子来之后也是因为实在忍受不了那个骷髅头，所以才销毁它的。”姚尼摇摇头，无可奈何地说。❶

❶同学们你一言我一语的情景，充分表现出大家对职校生的态度。

然而事实是，大家本想将抢过来的旗子当作“战利品”挂在寝室里，但又担心培克老师看到后会训斥他们，所以才把它撕成一坨散布，忍受不了骷髅头图案只是姚尼找来的借口罢了。

“他们一定会破坏我们的听写簿，以此来报复！”塞巴修摸了摸自己的下巴，又开始了一番推理。

“好了好了，大家就先别在这里浪费时间了，我们快出发去解救葛洛迪和你们的听写簿吧！”禁烟老师看到大家仿佛忘记了葛洛迪被困的事情，提醒了一句，

"你们先走，我换件衣服就来。"

"禁烟老师万岁！"

"感谢禁烟老师！"

三个少年大声呐喊。

"不过需要提前说明的是，我可不赞成你们打架呀！你们两校之间恩怨已久，一直这样下去也不是个办法。依我看，你们最好是能坐在一起，心平气和地好好谈谈，互相解开对方的心结，只有这样，以后才能和平相处。我倒是十分愿意去了解一下职校生们的想法。"禁烟老师和蔼地对他们说道。

"嗯！您和培克老师一样。之前有一次，一名叫作戴奥德的高年级学生欺负我们班最瘦小的同学，班长戴马亭看到后立刻率领大家将他团团围住，几个人手脚并用，把戴奥德那张漂亮的脸蛋好好修理了一番，最后弄得他鼻青脸肿。戴奥德见寡不敌众，也只好灰溜溜地逃走了……"姚尼对这件事的印象十分深刻。

"后来，他跑到培克老师那里去告我们的状。老师把我们叫去，耐心地问清楚了事情的整个经过，虽然表面上对我们严加斥责，但后来私下里给戴马亭讲了讲什么才叫作见义勇为和为正义而战。"

"哦？听起来还蛮有意思的，看来我应该找个机会去认识一下你们的培克老师了。"禁烟老师此刻也听得津津有味，脸上露出一丝微笑，"对了，他叫什么名字来着？"

"培克。"戴马亭回答。

突然，禁烟老师的表情中流露出些许诧异和惊喜，虽然十分微妙，但还是被心思缜密的姚尼捕捉到了。

"老师，您认识培克老师吗？"

“不……不认识，只是在很久以前有一个和他名字一样的老相识，应该……应该不会这么巧吧。”禁烟老师的声音越来越小，说到最后仿佛在自言自语一般。

正当少年们准备迈出屋子冲向他们的“战场”时，邬理和马提斯从风中缩着脖子走了进来。

“邬理快要冻僵了！”马提斯高声说着。

戴马亭见状，摸了摸邬理的额头和身子，然后站起身来和大家说：“我们出发，让邬理跑一跑，身体就暖和起来了！”随即率先迈出了大门。

大家跟在戴马亭身后，一同朝着艾嘉兰家的方向跑去。

雪花依旧在天空中飘着。在大雪纷飞的天地间，几个少年迈着坚定有力的步伐，全然不顾地上厚厚的积雪，排着队奋力前进。

日积月累

彷徨　忧心忡忡　截然相反　临阵脱逃　垂头丧气　窘态　默不作声
见义勇为　自言自语

延伸思考

1. 在前往禁烟老师住所的路上，邬理的心理是什么样的？他为什么始终治不好自己胆小的毛病？
2. 吉奇斯蒙中学和职业学校间的恩怨是从什么时候、因何而开始的？后来两校学生之间又发生过什么过节？

第七章　蛰伏山林路

名师导读

在前往艾嘉兰家的路上，戴马亭将准备看电影的几位走读生招揽到了救援队伍当中。每个人的心中都同仇敌忾，恨不得和职校生大干一场，但大家其实明白，现在还不是意气用事的时候。塞巴修想出了通过谈判解决问题的点子，并自告奋勇去艾嘉兰家，戴马亭则陪同他一起前往。在两人走后，邬理和马提斯两人你一言我一语地表达着对戴马亭的钦佩，和戴马亭相处甚好的姚尼在一旁听到后心中满是得意之感。

艾嘉兰家住在山林路 17 号。

这时，天还没有完全黑下来，城里的小道旁还在传出街坊邻居高声闲谈的声音。戴马亭一行人穿梭在街道中，一边走一边留意着周围来来往往的人群——此时走读的学生可能还在外面逗留，如果能遇到他们，就可以顺便打听一下葛洛迪的消息，说不定还有机会找到同学帮忙一起去解救他呢！

终于，他们在路过巴尔巴洛广场艾登电影院门口的时候，发现有几个穿着制服的走读生正站在电影院外面，看样子好像是在等人，人齐以后一起进去看电影。

“你们先走，我随后就来。”戴马亭马上注意到了这些走读生，和同行的小伙伴打了声招呼便朝着他们走去。

戴马亭可以说是学校里小有名气的人物，他的学习成绩经常名列前茅，也正因如此，他有很多上台领奖的机会。在学生们当中，这可是一件相当值得骄傲的事，毕竟每次上台都是一个出风头的机会。❶

❶ 此处对戴马亭的介绍，一方面为走读生同意加入救援队伍埋下伏笔，另一方面也写出了戴马亭本身的优秀，丰富了人物形象。

“同学，你们好，有件事我想请各位帮个忙。”在走近那几位学生后，戴马亭用比较亲和委婉的语气说道。

听到戴马亭的声音后，三四个走读生扭头看了看来人，发现是同校同学，便一个个靠拢了过来。

“职校生抓走了我们班一名名叫葛洛迪的学生，并且这位同

学到现在还被他们控制着，我们准备去艾嘉兰家里把他救出来，不知道你们愿不愿意加入？”戴马亭向众人问道。

“是现在就去吗？”一个走读生问。此时他的手里正握着几张电影票。

“对！事不宜迟，我们越早将葛洛迪解救出来，变故就会越少。”

“好呀！电影什么时候都能看。既然现在职校生这么明目张胆地欺负我们，咱们正好可以借此机会狠狠教训他们一顿。我们现在就跟你走。”一个长得矮矮胖胖的学生正义凛然地说着。他叫许密兹，是三年级的一名学生，因为体形的原因，大家都喜欢叫他“超级水桶”，但他本人倒从来没有介意过，整天和大家笑嘻嘻的。

“谢谢你们！那就请大家十五分钟之后在山林路口集合，如果可以的话，还希望你们再多找些人来，毕竟人多力量大嘛！”听到肯定的回答后，戴马亭心中十分激动，赶忙说起了一些行动的具体细节，“另外，我们最好是分开出发，这样不容易被对方发现。现在对面究竟有多少人我们还不是很清楚，如果被发现的话，他们一定会有所防备，这样事情解决起来就麻烦一些，还希望能得到大家的支持。”

“好，没问题！”几位走读生都没有磨叽，纷纷答应道。

“先谢谢你们喽！”戴马亭再一次向大家表示自己的谢意。

在成功招揽到新成员加入后，戴马亭继续往前追赶同伴。为了不引起职校生的注意，他们故意在别的路上漫无目的地来回绕圈，打乱对方的视线，最后再静静地穿过树丛往山林路口集合。

过了一阵子，符德麟慌慌忙忙地从路的另一头跑来。

“现在是什么情况？”大家异口同声地问道。

“情况不妙，葛洛迪现在还没有回家。幸好他爸爸也还没回去，否则事情可能就暴露了。不过大家放心，在离开的时候我和他家女佣交代说葛洛迪和我出来吃饭了，尽管如此，留给我们的时间也不是很多。”符德麟大口地喘着气。

“葛洛迪一定是被监禁起来了！”有人在一旁猜测着说道。

“这场架我们非打不可！他们把事情做到了这个份儿上，我真恨不得现在就把艾嘉兰揪出来痛扁一顿。”马提斯的语气中带着浓浓的敌意。

“现在还不是意气用事的时候，”戴马亭赶紧提醒了一下，“你现在留在这里负责监视，没有我的命令不要自己行事。就算你现在把艾嘉兰揪出来，把他的脖子拧断，也于事无补，葛洛迪还是不能恢复自由。我们现在是一个整体，而且最关键的目标是打听到葛洛迪究竟被关在哪里。再说一遍，一定不要意气用事！”

戴马亭的这些话也给马提斯提了个醒，他默默地垂下了头，显得无可奈何。

“放心吧，现在还不是动手的时候，等一下一定有你发挥的机会！”姚尼走上去拍了拍马提斯的肩膀，安慰他道。

“君子动口不动手，我们不要一味地逞能，打架的风险还是太大了。如果可以的话，我建议先跟艾嘉兰交涉一下，尽量说服他放人，这样就避免了一场冲突，把话说明白对两校以后的相处也大有裨益。至于人选嘛，我觉得我可以担此重任。”塞巴修又用他那一贯自信的口吻自告奋勇前往艾嘉兰家。

“好！我和你一起去！”戴马亭对此表示赞同。

说完，两人便一同向着艾嘉兰家的方向走去。其他人则留在原地，等待下一步行动的消息。

“哼！什么正人君子！和他们那种人没必要谈判的，用屁股想一想也知道结果肯定是对牛弹琴。”塞巴修和戴马亭走远后，马提斯满脸不屑地说。

接着，他推了推站在旁边的邬理，问道：“喂！今天几号？”

“干什么？”

“这个月的零花钱又被我买食物花光了。我爸爸答应会再寄一笔钱过来，但毕竟远水救不了近火，可能还没等到他的钱我就被饿垮了。我先借你点零用钱去买个面包。”马提斯也不知道究竟需要多少个面包才能填饱自己的肚子。

邬理摸了摸口袋，然后摊了摊手。他的钱已经被借光了。谁能想到连这位贵族小伙儿的零用钱都不够马提斯买零食的？

马提斯见状，也没有什么办法，只好慢慢踱步到符德麟身边。

“符德麟，今天你可真是受委屈了，不过你放心，我一定会替你报仇的，不出了这口恶气我马提斯的名字倒着写！”

符德麟听到后十分感动，他感激地对马提斯说：“那些职校生的块头都很大，而且力气也不小，你一定要谨慎对待，注意安全！”

“嘿！嘿！”马提斯的拳头迅速在空中划了几下，“看我的拳头，足够能让他们去医院躺几天了。”不过话刚说完，他就有气无力地抚摸着肚子抱怨道：“只是我的肚子现在正咕咕乱叫，手上使不出该有的力气来……”还没等他说完，符德麟便从口袋中掏出一个硬币，说：“赶快拿去买点吃的。”

“谢了，等我爸爸把钱寄过来我就马上还你！”马提斯顿时神气十足，接过钱飞奔到了最近的一家面包店。

没过多久，马提斯就提着一袋子面包回来了，他的口中还塞满了食物，脸上表现出一副很满足的样子，真像是一个饿了很久的难民。他把袋子依次拿到每个人面前，让大家先吃一点面包垫垫肚子，毕竟已经到了吃晚饭的时间，这场行动不知道什么时候才能结束。然而，在这种紧要关头，除了马提斯谁还有心情去吃东西呢？心急如焚的他们时时刻刻都在担心着葛洛迪的安危和戴马亭那边的进展。

邬理就更不用说了。他虽然感觉很冷，但就是一点食欲都提不起来。马提斯看着他在寒风中裹紧身子发抖的模样也是无可奈何。符德麟此时正一个劲儿地望着艾嘉兰家的方向，生怕突然之间有什么意外发生，看样子，他似乎时刻准备着冲向前方营救葛洛迪。至于姚尼，他正聚精会神地盯着远方，好像那双眼睛是被什么东西吸引了似的：其实那儿什么都没有，只有一片树林和几只偶尔飞过的鸟儿。在姚尼眼中，大自然的一切都如珍似宝，一般人眼中再平凡不过的东西都能引起他强烈的兴趣。此时姚尼专心看向远方的那种认真程度，让路过的行人都忍不住跟着他望一望，然而这些行人不知道的是，此时姚尼的脑海中正编织着一幕幕感人的故事呢！

艾嘉兰家的围墙外面，戴马亭和塞巴修已经开始行动了。为了防止周围有对方的眼线，戴马亭掩护着塞巴修拐进了艾嘉兰家。

邬理远远地望着他们的背影，眼神中满是羡慕。“戴马亭是我认识的人里面最优秀的了，他不仅学习成绩好，情商也十分高，老师和同学们都非常喜欢他呢！他真的太了不起了，你说是不是？”

“嗯……啊……哦……”马提斯一边吃着面包，一边回答，“他确实不是那种只会念书的书呆子。一直以来，他虽然每门功课都拿第一，但从来没有摆过架子，日常生活中也愿意和同学们平等相处。就冲他没有傲娇的姿态这一点，我就很喜欢他呢。”

“最难得的是，他靠自己得来的奖学金过活，都不依赖家里。虽然家境不是很好，但他真的很有志气，对待任何困难都不退缩，也不同命运妥协。不仅如此，在我印象中他没有抱怨过任何事，大家也没有听过他的一句怨言……我想他是以培克老师做榜样的。”邬理下了一个结论。

“不只是培克老师，禁烟老师也是他崇拜的对象。每年圣诞节他都会给禁烟老师送点小礼物，虽然不值钱吧，但那份情意是十分厚重的。”马提斯说。

“我相信他，他将来一定能够成为一个了不起的人！”

“有他当班长真是我们的幸运呀！班长这个职位是很难做的，一做不好就可能引来同学们的不满，但他任劳任怨的态度真让人佩服！”

邬理和马提斯你一言我一语地交流着，把对戴马亭由衷的钦佩表现得淋漓尽致。

姚尼此时已经回过了神，他静静地听着这些对话，脸上不自觉地露出了得意的笑容。戴马亭一直是他心中最要好的朋友，也是他十分尊重的一个同学，听到别人这么夸他，内心自然觉得十分荣幸了。

戴马亭和姚尼之间的友谊，也许是在两人较多的相处时间中自然产生的。在双休日和节假日期间，如果船长没有回来的话，姚尼便会留在学校，而戴马亭为了节省路费，也经常不回家。他们结伴留在宿舍，戴马亭念书，姚尼写小说，休息的时候便一起谈天说地，交流着各自对人生的种种看法。有时候他们会因为一些观点的不一致而争吵，但正是这样的时光让姚尼和戴马亭之间的关系变得更加亲密。

日积月累

事不宜迟　明目张胆　正义凛然　漫无目的　异口同声　意气用事　于事无补
无可奈何　大有裨益　对牛弹琴　有气无力　如珍似宝　淋漓尽致　谈天说地

延伸思考

1. 路上的走读生为什么同意加入戴马亭等人的救援队伍中?
2. 戴马亭和塞巴修准备采取什么手段营救葛洛迪?
3. 为什么姚尼听到别人夸赞戴马亭的话之后很是得意?

第八章　失败的谈判

名师导读

到达艾嘉兰家门口之后，塞巴修按响了门铃。在谈判的过程中，虽然塞巴修表现得心态沉稳、不卑不亢，但对方提出来的要求着实让人难以接受。究竟是什么要求让这位稳重的少年都不禁怒发冲冠？双方的谈判又到底能不能进行下去呢？与此同时，小屋外的戴马亭在等待过程中发现了地下室的异样，并有了自己的猜测。就在众人如热锅上的蚂蚁表现得十分焦虑之时，禁烟老师出现了，他能够为事态的缓和带来什么样的建议呢？

前往艾嘉兰家的路上，戴马亭故意躲在暗处。到达艾嘉兰家门口之后，塞巴修按响了门铃。不一会儿，艾嘉兰的妈妈出来开门，动作中充满着不耐烦。

“你找谁呀？今天是怎么回事，门铃老是响个不停。”见又是一个孩子来敲门，艾嘉兰妈妈的口气十分不友善。①

① 从艾嘉兰妈妈说话的内容和态度中可以看出，今天艾嘉兰的家中发生了不寻常的事。这句话使后文的叙述变得更加合理。

“阿姨您好，我是艾嘉兰的同学，来找他有点事。”塞巴修用十分恭敬的语气说。

“同学？他的同学不是都到地下室去了吗？你怎么又上来了。这些孩子，一会儿来借地下室的钥匙，一会儿又来要晾衣服的麻绳，一会儿又有一大群人跑进来。这鞋底把我刚清洗的地毯都踩脏了……你们到底发生了什么事？”艾嘉兰的妈妈虽然有所抱怨，但还是让出一点空隙让塞巴修走进了屋里。

塞巴修并没有回答这个问题，他小心翼翼地用纸擦了擦鞋底，把污泥弄干净之后，才客气地问道：“请问艾嘉兰在家吗？”

“在他的房间里。”艾妈妈“嘭”的一声把门关上，指了指走廊尽头的房间，然后便扭头向厨房走去了。她一边摇头一边念叨着：“这些孩子们真让人没办法！”

塞巴修顺着艾妈妈指的方向走到了艾嘉兰房门口，他并没有敲门，而是径直地走了进去。此时艾嘉兰正躺在床上，神情悠闲地翻阅着一本杂志。

听到门响之后，艾嘉兰以为是他的妈妈叫他吃饭，头也没抬地说了句：“我知道了，马上过去！”说完之后突然感觉不太对劲，抬起头的瞬间，目光便和塞巴修对在了一起。

见塞巴修神不知鬼不觉地进了自己的卧室，艾嘉兰着实吓了一跳，他“噌”的一声从床上蹦了起来，手中的杂志也落在了地上。虽然这是在自己的家中，但艾嘉兰内心多多少少还是有点慌张的。“嘿！你是怎么回事！随便走进我的房间里，连门也不敲，这就是你们学校学生的素质吗？”艾嘉兰大声吼道。

“我是专程来和你谈谈贵校学生绑架我同学这件事情的。”塞巴修的语气十分

沉稳。

“但你这样子一点诚意都没有吧。按照规矩，要求谈判的人应该在手臂上绑一条白手帕，这样才像个真心请求谈判的样子。你这样理直气壮地闯进我的房间，态度可是很不友好哦，要是被我的同伴逮到了，你的下场就惨了。”

塞巴修没有说话，从口袋里掏出一条手帕绑在手臂上，表示自己接受了建议。

“这样可以了吧？”塞巴修冷冰冰地问道。

“说说你们和解的条件吧。”艾嘉兰迅速镇定了下来，不慌不忙地说。看他的神态，不愧是职校生的领袖。

“我方要求你方立即交还葛洛迪和听写簿。”

“你们拿什么交换？”

“无条件释放。”

“噗，我没有听错吧？无条件释放？世界上哪有那么容易的事！况且即使我同意了，我的兄弟们也不会就这样轻而易举答应你们的。”此时艾嘉兰已经有些恼怒了，他没想到塞巴修竟然会提出这么可笑的要求。

“我们已经将你家包围了，如果你不同意的话，那就只好绑架你来交换葛洛迪了。”塞巴修对艾嘉兰的态度并没有感到意外，继续威胁他道。

“想抓我？我可没有那么容易束手就擒，这里可是我家，而且你们并不知道葛洛迪藏在哪里，应该不至于笨得轻举妄动吧！”艾嘉兰感到自己已经占了上风，展现出一副胸有成竹的样子。

“好吧！我们来谈谈条件。首先，你们不能虐待葛洛迪，并必须保障他的衣食问题……还有，我们的听写簿不能有任何的损坏，否则我们不会善罢甘休的……你说说你们的条件吧，到底怎样才答应放人？”塞巴修此时也冷静了下来，想听一听艾嘉兰的想法。对此，他已经做好了最坏的打算。

“我们只有一个条件，你们必须写一封正式的道歉信，向那面被撕毁的骷髅旗致歉，要求感情真挚、不能敷衍。如果我们满意的话，只要你们来客客气气地恳求我们释放俘虏、交还听写簿，我们就会答应的，否则……”

“否则怎么样？”

“否则我可不能保证葛洛迪和你们的听写簿最后是否完好无损。毕竟，骷髅旗可是我们威严的象征，你们破坏旗子这笔账总得来算吧！兄弟们的仇恨很有可能都发泄到葛洛迪头上哦！”

“你们这……这简直是赤裸裸的恐吓！”塞巴修气急败坏地说，“这样的条件我们是绝不会接受的！”怒火在塞巴修内心不断燃烧，就连他这样冷静的人，此刻都想把艾嘉兰狂扁一通。

“接不接受是你们的事，我们的意思已经表达得很明确了，而且一点都不会让步的！回去好好考虑考虑吧，你们学校当中应该还是有明智的人的。”艾嘉兰摆出一副吊儿郎当的模样，说完便不想再理塞巴修了。❶

塞巴修立即摔门而出，快速离开了艾嘉兰家。

谈判就这样以无果的方式结束了。

见塞巴修从艾嘉兰家里出来了，戴马亭赶紧从转角处出来迎接他。

“进展怎么样？”戴马亭焦急地发问。

塞马修没有说什么，只是叹了口气，然后摇了摇头。

“刚才你去谈判的时候，我暗中观察，看到院子里不断有人走来走去，地下室的灯也亮着，甚至还可以隐隐约约听到从地下室传出来的交谈声。我判断，葛洛迪很有可能被他们关在地下室了。”戴马亭边走边对塞巴修说。

“嗯！绝对错不了！”

他们走回到路口的时候，那儿已经聚集了二十人左右，都是由“超级水桶”许密兹临时召集来的中学生。不得不说，许密兹在人脉这方面还是十分厉害的。戴马亭和塞巴修看到这种情况，心中十分激动，信心也随之大增。

看着大家期待的眼神，塞巴修用简洁明了的话语报告了谈判的结果。

“哼！居然要我们道歉，简直太可笑了！”

“太过分了！就为了一面烂旗子，他们就抓走葛洛迪，还提出这么过分的要求！”

“何止是要求过分啊，他们还在拿葛洛迪的性命来威胁我们！”

“等救出葛洛迪，我一定把他们揍个稀烂，给他们点颜色看看。”

听到谈判的结果，在场的每个人都十分愤怒，对艾嘉兰的要求和恐吓表现出强烈的不满。姚尼最先冷静了下来，他想到了一个重要的问题，大声问道：“你们找到葛洛迪被关的地方了吗？”大家听到这个问题后都纷纷安静了下来。

❶语言描写。此处详细地写出了塞巴修和艾嘉兰谈判的内容，塞巴修表现得较为沉稳，不卑不亢，艾嘉兰自信满满，胸有成竹。

“我进艾嘉兰家的时候，是他妈妈开的门，艾妈妈向我抱怨之前有学生向她借了地下室的钥匙，又借了晾衣服的麻绳，”塞巴修赶紧回忆道，“并且戴马亭在屋外转角处等我的时候，也观察到了地下室存在异样，院子里还有学生在走来走去，所以我们推测葛洛迪被关到地下室了。”❷

❷此处和前文中艾嘉兰妈妈说话的内容以及戴马亭观察到的现象相呼应。

“好！知道了葛洛迪在哪就好办了，我们赶紧冲进地下室去救人吧！”马提斯此时已经等得不耐烦了，双手握着拳头大声叫道。

“但是他们的人应该比我们要多很多，如果这么贸然前进的话，很有可能会打草惊蛇，小心得不偿失呀！知己知彼方能百战不殆，我建议还是先摸清楚情况再讨论对策！”

“对，对极了！”正当戴马亭冷静地分析时，禁烟老师从众人身后走来，显然他支持戴马亭的观点。

看到禁烟老师来了，大家的士气瞬间提升了起来，此时大家也开始冷静地思考，全然没有刚才像热锅上的蚂蚁那般焦虑了。

“你们如果不了解对方情况，就这样莽撞地冲进去，只会带来无谓的损伤，并且一旦两边同学真的打起来，那性质可就严重了。你们都知道打群架的后果，性质可是非同小可呀！万一被艾嘉兰的妈妈发现，或者附近邻居听到后报了警，场面可就难收拾了，虽然你们是正义的一方，但也将受到严厉的惩罚。”禁烟老师沉稳地说。在场的学生们都十分清楚中学生打架的后果，尤其是聚众斗殴——所有人都会受到处分。至于后果嘛，轻则留校察看，重则开除，一点商量的余地都没有。如果真被开除，不仅脸上的面子挂不住，连上学的机会都没有了，没有几个人会愿意冒这样的险。

“万一被学校发现了，今年的圣诞晚会也要泡汤了。”邬理怯怯地说。他早就想到了打架的后果，但看到大家个个义愤填膺的样子，就不好意思说出口。现在禁烟老师来对大家进行劝阻，邬理提着的心才放下了一些。

“问题肯定是要被解决的，但不能以你们说的那种方法。”禁烟老师继续说，“在我的车厢后面有一块空地，周围长满了树丛，不容易被发现。我们可以请那些职校生到那里，采用武士比武的方式——双方各派代表，一对一决胜负，输的一方就履行对方开出的条件。这样不但公平，还能避免打群架，一来免去了被处分的风险，二来也防止更多的人受伤。如果你们赢了，葛洛迪就被释放了。”

“如果我们输了呢？”有人担心地问道。

“放心！有我在，他们就没有胜算的。我一只左手就能扳倒他们了！”马提斯得意地挑了挑眉说。

“好！塞巴修，你再去找一次艾嘉兰，告诉他这个方案，让他来空地找我们。”戴马亭马上开始布置任务。

“好！没问题！”

日积月累

神情悠闲　神不知鬼不觉　轻举妄动　胸有成竹　完好无损　赤裸裸
气急败坏　吊儿郎当　打草惊蛇　得不偿失　知己知彼方能百战不殆　莽撞

延伸思考

1. 塞巴修和艾嘉兰谈判的结果如何？
2. 在塞巴修和艾嘉兰谈判的过程中，戴马亭在院子中有什么发现吗？
3. 禁烟老师给同学们提出了什么样的建议？

第九章　对阵瓦威加

名师导读

在双方均同意通过比武的方式解决问题之后，两帮人马聚集在了车厢后面那片空地的两侧。职校生瓦威加的块头之大不禁让在场的中学生们倒吸了一口凉气。然而，虽然马提斯开始位居下风，但他不甘放弃，最终反败为胜。就在吉奇斯蒙中学的学生们欢呼雀跃、准备讨回人质和听写簿时，意外发生了……

塞巴修在阐明自己的来意后，骨子里好战的艾嘉兰也十分兴奋。他觉得通过比武这种方式让对方臣服更能彰显出英雄本色。于是，他立马走出家门，只留几个人继续看守葛洛迪，召集大部分人马向空地出发。

马提斯此时真切地感觉到了自己拳头的分量——他将代表吉奇斯蒙中学，与职校生瓦威加一决胜负。这是他第一次在众人面前露脸，以擂台比武的方式发挥自己的本领。

天已经完全黑了下来，只剩些许路灯的光照在这片空地上，地上积雪的反光效果给周围的环境增添了一份凄清之感。雪地上，两队人马分头列队，各据一方。有一些人躲在树丛里，大概是想作为替补队员为队伍保存实力吧！

马提斯的肚子现在已经填得饱饱的，他整个人也神气十足，感觉浑身充满了力量。不得不说这是符德麟的功劳，他很想让马提斯帮他报仇，亲眼看到这群表面肆无忌惮的职校生败在马提斯拳头下的情景。

“好！请双方代表出列！”一名职校生作为主持者，宣布比赛即将开始。双方的观众们此刻都屏气凝神，静待着接下来己方代表的精彩表现。

职业学校的代表是瓦威加，他一出场大家伙儿都倒吸了一口凉气：只见他体格高大、身体健壮，仿佛有着成人般的力量。戴马亭一帮人不禁为马提斯担忧了起来，有人还在马提斯旁边悄悄提醒道：“量力而行，安全第一。”然而，此时的马提斯却似乎根本没有把瓦威加放在眼里，他神气十足地大步向前，瞪着瓦威加，眼神中充满了对决斗的渴望。❶

❶外貌描写。瓦威加健壮的体格让在场的人为马提斯担忧，为下文马提斯与瓦威加的比武设下了悬念。

“决斗开始！”

“加油！”

“加油！”

随着主持者的一声令下，两边人马各自大声呐喊，希望为自己的队友赢得士气上的优势。只见马提斯和瓦威加同时起步，向着对方冲去。当两人快接近时，气氛顿时变得凝重起来，呐喊声突然停止，周围一片寂静，每个人都好像能听到自己的呼吸声和心跳声。❷

❷此处运用了夸张的描写手法，十分生动地写出了比赛过程中凝重的气氛。

突然，瓦威加一个箭步冲到马提斯面前，趁他还没有反应过来，双手一扳。马提斯显然没有料到对方此时出手，庞大的身体顿时不受控制，重重地摔在雪地上。只见他四脚朝天，看起来略显狼狈。

职校生那边响起了如雷的掌声和欢呼声，更有人大声吹起了口哨。瓦威加乘胜追击，扑倒在马提斯身上，猛烈地挥舞着拳头。

①此处一连串的动作描写展现出马提斯敏捷的身手，让读者的内心都和马提斯一同沸腾了起来。

“加油，马提斯！”

“站起来，不能被他这样羞辱！”

马提斯虽然躺在地上，但他仍然听得到为自己呐喊的声音。暂时位居下风并不能代表什么，小小的瓦威加怎么打得倒勇敢的、不服输的马提斯呢？马提斯是愈挫愈勇的！马提斯内心的狂热顿时使他整个人沸腾起来，他猛然抓住了瓦威加的手腕，迅速一发力，瓦威加便好像触电一般，顿时失去了对马提斯的控制。

马提斯抓住时机，顺势出手，直接把瓦威加的手反扭了过来。紧接着，马提斯并没有给对手喘息的机会，又往上紧紧扣住他的双手，一个翻身跨在了瓦威加身上，另一只手把他的头往雪堆里按。远远看去，瓦威加好像在叩头告饶似的。❶

看到马提斯反败为胜，吉奇斯蒙中学的学生们高兴得欢呼起来，甚至还互相拥抱了起来。

不甘示弱的瓦威加想挣开自己被反扣的双手，但怎么也使不上力。马提斯紧紧按着他的头，使他丝毫没有招架的余地。纵使瓦威加用出了吃奶的劲，也只能稍微摆动两下胳膊，整个身子根本没法动弹，挣扎到最后力气全被耗尽了。

决斗进行到了这一步，结果已经很明显了。在宣布马提斯获得胜利之后，瓦威加垂头丧气地走回到职校生群中。职校生们沉默不语，看起来十分不甘。反观马提斯，则受到了众人热烈的欢迎。一群人把他抬起来，往空中连抛了好几下。取得胜利的马提斯，心中十分激动，他这一刻更是下定决心，将来一定要成为一名出色的拳击运动员。马提斯更加坚定这个信念，不仅仅是因为拳击可以帮助大家解决冲突，还因为这种决斗过后胜利的滋味让他沉醉其中，无法自拔。

“去向对方讨回人质和听写簿吧！”大家还在欢呼雀跃的时候，禁烟老师的一句话提醒了他们。

然而，事情似乎并没有想象中的那么顺利。对方的领袖艾嘉兰一脸懊恼地走了过来，看他的表情，大家便猜到了可能会有什么意外情况出现。

“刚刚我们仔细讨论了一下，决定不交回人质和听写簿，希望你们谅解。”艾嘉兰的底气明显不足，然而这弱弱的声音还是激怒了在场的中学生们。

“什么？你们竟然不守信用？刚刚才答应的事怎么瞬间就反悔了？”戴

马亭率先上前抓住艾嘉兰的衣领，发出一阵怒吼。

“岂有此理！”刚刚取得胜利的马提斯也大声咆哮。这不就意味着自己白挨瓦威加的那几拳了吗？“早知道我就把瓦威加捶成肉饼了！”

“发生这种事我也觉得十分遗憾。讨论的过程中我也对我们的人进行了一些劝阻，但他们显然接受不了这种失败，耳朵里听不进任何话。”仍被戴马亭拽着的艾嘉兰无奈地表示，“怪我自己领导无方，让你们蒙受了损失。这样吧，我心甘情愿地当你们的俘虏，以此表示对你们的歉意。”

中学生们虽然已经气愤到了极点，但面对艾嘉兰这么诚恳的道歉也不好继续发出什么责备的声音。大家你望着我，我望着你，谁都拿不定主意。

“看来我们只好再想办法救回葛洛迪了！”在一旁默默无语的禁烟老师目睹这一幕，说了一句话打破了僵持的气氛。他深深地看了艾嘉兰一眼，接着用沉重的口吻对大家说：“是我建议你们采用这种比武的方式来分出胜负的，本来以为可以使事情变得简单一些，避免不必要的麻烦，没想到对方竟然不能信守诺言，真的太让人失望了。既然对方不能遵守协定，那我们只好另想办法了。说实话，和不讲诚信的人是没有什么道理可言的。况且，如果我们真的把艾嘉兰抓起来做人质，那岂不是和对方的手段一样无耻了吗？”禁烟老师顿了顿之后，继续说：“不过，艾嘉兰倒是很有君子风度，在不能劝他们那边的人信守诺言之后还能来诚恳地道歉，这种做法很值得欣赏，大家和他交个朋友是没问题的！”

艾嘉兰心中十分感激，但内心的愧疚又让他不敢正视在场的任何人，只好低下头来。

“你先回去吧，我们要准备采取下一步动作了。”禁烟老师对艾嘉兰说道。

艾嘉兰走后，禁烟老师向大家讲解了接下来的行动方案。在场的所有中学生被分成两路。一路由塞巴修率领，负责限制对方的行动，具体而言可以采取投掷雪球的方式，这样既不会导致人员伤亡，还可以达到目的。当然，这场雪仗不必求胜，甚至可以示弱让对方打个过瘾，让他们不离开这片空地即可。另一路以戴马亭为首，趁对方忙着打雪仗的功夫，潜入艾嘉兰家的地下室，把葛洛迪救出来。禁烟老师的指挥井井有条，大家也都明白了自己的分工和职责，虽然还有些学生不明白打雪仗要示弱的目的。

“还要故意被打败让对方过瘾？”

“为什么要示弱，还不让对方看出来？我做不到！”

“这可真是个难办的活！”

一些人不敢相信地摇摇头，但塞巴修明白禁烟老师声东击西的战略布局，他振奋地说：“我觉得这个方法很妙，我愿意一马当先，保证完成这项任务。”

大家听到后也不再议论，开始热身准备发动攻击。

每个人都明白，现在团结一心才是最有利的条件。

日积月累

一决胜负　凄清　肆无忌惮　屏气凝神　四脚朝天　愈挫愈勇　不甘示弱　声东击西　一马当先

延伸思考

1. 请简要阐述马提斯和瓦威加对阵的过程。
2. 在中学生们准备向对方讨回人质和听写簿的过程中，发生了什么意外？面对这样的意外，禁烟老师给同学们提出了什么样的解决方案？
3. 你认为艾嘉兰是一个什么样的人？

第十章 救出葛洛迪

名师导读

当两队人马在空地上“战斗”得十分激烈之时，戴马亭带领的几位同学已经悄悄潜入艾嘉兰家的地下室，做好了营救的准备。在地下室的入口处，大家已经听到了葛洛迪挨打的声音，可以想到，被囚禁的这段时间中，葛洛迪并不好过。看到这里，相信每位读者都对少年们这次“偷袭”能否成功心存疑惑，想知道答案的话，就赶快开始本章的阅读吧！

这个行动不宜拖延，学生们马上开始执行计划。塞巴修带领着一队人马，对职校生进行了迅猛的“偷袭”，而对方见状则迅速组织起了反攻。当他们打得正热闹时，戴马亭带领的几位同学已经悄悄潜入艾嘉兰家的地下室，做好了营救葛洛迪的准备。

通往地下室的过道一片漆黑，空气中还混杂着马铃薯和泥土的味道，所有人都屏住呼吸，蹑手蹑脚地摸着墙壁前进。

顺着过道向前走了一段距离后，一束微弱的灯光出现在大家前方，与此同时，一阵“啪！啪！”的清脆巴掌声也传到了他们的耳朵里。不用说，一定是葛洛迪挨打了。

紧接着，葛洛迪的声音响起：“有胆量的话把绳子解开，我跟你一对一单挑，你们这样殴打人质算什么好汉！简直不可理喻，太没有道理了！”他的声音略显疲惫，但中气十足。葛洛迪能够据理力争，说明情况还不是很糟，大家稍微放心了一些。

“你都已经落在我们手里了，手下败将还有什么可啰唆的，真是可笑！”一个职校生站在葛洛迪面前，对他嘲笑道。他一边说，一边伸出手，想要再扇葛洛迪两个巴掌。葛洛迪虽然内心并不畏惧，但还是闭上了眼睛。突然，地下室一声“扑通”的声音响起，葛洛迪连忙睁开眼睛看看发生了什么，只见那个职校生已经整个人撞在了墙上，额头上隆起的大包让人忍不住发笑。

大家都被这突发的情况吓了一跳，只有葛洛迪高兴得大叫：“救兵来了！救兵来了！终于等来了你们，赶快给他们点颜色瞧瞧！”

职校生们见苗头不对，也来不及多想，扭头就跑。短短几秒钟，地下室里只剩那个举手打人的胖子了。他四脚朝天，尝试了几次想要站起来，但均以失败告终，无奈，这位被同伴抛弃的少年只好躺在地上痛苦地呻吟着。

戴马亭赶忙上前松开绑在葛洛迪手上的绳子，只见他现在两颊红肿，手腕也被绳子磨得发红，看来挨了不少揍。

“我就知道你们会来救我的！”重获自由的葛洛迪恢复了平日彬彬有礼的神态，说话的语气也变得一板一眼，不得不说，这跟葛禄依老师确实有几分相似。“真是太谢谢你们了！”葛洛迪发自内心地对前来营救的众人表示感谢。

趁职校生还没有回来，一行人迅速溜出了地下室。等他们回到刚刚决斗的那片空地时，两边的雪球仗还在继续，不过已然没有刚开始时那般激烈，看得出来，双方人马都有些困乏了。

为争取营救葛洛迪的时间，在雪球仗中故意落败的中学生们，心中已经积了一肚子怨气，看到戴马亭小分队已经带着葛洛迪安全脱险，成功折返，他们立刻发动了猛烈的攻势，完全不给对方喘息的机会。职校生们被这突如其来的反击吓了一跳，赶忙进行抵挡。在这个过程中，他们中有人无意间看到了葛洛迪竟然在中学生队伍当中。在所有人都获知人质被救出的消息后，对面的职校生们便一个个像泄了气的皮球，哪里还有心情再战，他们被中学生们打得连连后退。

塞巴修现在的心情可是好极了，他对这个战术十分满意，这是一场智慧的较量，他带领的队伍成功完成了禁烟老师交付的任务。

在职校生们都狼狈地跑走后，大家都围拢在葛洛迪身边，一边检查他身上的伤势，一边听他报告被俘的整个过程。看着他那红肿的脸颊，大家心里都明白葛洛迪一定遭受了不少折磨。

“听写簿呢？”马提斯最关心的还是他那考得很糟的听写。

“他们当着我的面，把听写簿烧成灰了。”葛洛迪沮丧地说，“那时候我被绑在椅子上，只能眼睁睁地看着他们为所欲为，真的一点办法都没有。他们一边烧还一边说着不堪入耳的话，让人气愤极了。不仅如此，有一个职校生还扬言要为旗子的事报复我们，真不知道他们到底是怎么想的。”

马提斯听到听写簿已经被烧毁时，心里还有点庆幸，但听到“报复”两个字，便立马不痛快起来，他嘴里大声地骂了句：“真是一帮可恶的家伙！”

正当大家义愤填膺之际，艾嘉兰手里拿着一包东西朝他们走了过来。“真是抱歉，这是你们的听写簿。我代表我们职校生对毁坏你们听写簿的行为表示歉意。我不顾他们的反对特地将它拿过来还给大家，希望你们能凭借这个给老师一个交代。”

戴马亭郑重地接过纸包，打开看了看，里头正是被烧毁的听写簿，在其中依稀还能看到几张没有烧成灰烬的封皮。

“谢谢！”

戴马亭的内心升起了一股对艾嘉兰的敬佩之意，这也让其他一些人对职校生的印象有所改观。一个团队中的人有好也有坏，一竿子打翻一船人的做法难免有点以偏概全，之前他们谁曾想过，职业学校也有像艾嘉兰这样拥有正义感的学生呢！

经过这件事，戴马亭明白了一个道理：在生活中，我们对任何事情都应该保持客观的态度，不能凭借自己的主观判断直接肯定或否定一些东西，只有真正接触到事物在表象之下的本质，才可以做出正确的决定，否则，做事的公平原则是没有办法去维持的。

日积月累

蹑手蹑脚　据理力争　一板一眼　眼睁睁　义愤填膺　以偏概全

延伸思考

1. 禁烟老师的方案奏效了吗？你如何评价这场“战斗”？
2. 本章的最后一段话揭示了很重要的人生哲理，请联系自己的经历谈谈对这段话的看法。

第十一章　可敬的老师

名师导读

虽然听写簿被职校生烧毁了，但葛洛迪的平安出现让少年们一直提着的心终于放了下来。在返回学校的路上，街边五彩的灯饰、热闹的氛围让他们禁不住想家了。但不巧的是，到达学校之后，这几位住校生碰到了正在执勤的纠察队队长戴奥德，这位被他们从体育馆赶走的高年级学生正愁找不到报复的机会呢！培克老师看到自己的学生如此破败不堪的模样，知道一定有什么事情发生，在了解了整件事的经过之后，老师讲述了当年发生在他自己身上的故事……

从符德麟下午狼狈地出现在体育馆的那一刻起，少年们便一直处于紧张的备战状态。现在葛洛迪已经恢复自由，他们也总算能松口气，享受一下胜利的喜悦。在这傍晚时分，与走读生分别后，戴马亭等一群人悠闲地在街道上漫步，人群中不时地爆发出一阵欢声笑语。

此时，城里的商店已经亮起了五彩的灯饰，斑斓的灯光将橱窗装扮得格外美丽。每年圣诞节前的一段时间都是商人们比拼才华的日子，每一家商店的老板都挖空心思想要吸引路人的注意。这时候的橱窗是一年当中最好看的时候，各式各样的灯饰营造出圣诞节的气氛，让夜晚的街道不再寂静。

当然了，圣诞节最特别的还是圣诞树了。绿色的、白色的、红色的、紫色的，各种颜色的圣诞树亭亭玉立，渲染着欢乐的气氛。只见那树叶上洒满了金粉，一闪一闪的彩色灯泡缠绕着树身，漂亮极了！这是少年们最喜欢的景象，他们在路上不禁欢呼雀跃起来，还有人不知不觉地开始想家了。

再过几天，学校的假期就开始了，一年一度的圣诞节也马上就要到来。在这寒冷的冬夜里，谁不想回到温暖的家，和亲人一起吃一顿热腾腾的饭菜，布置一棵美丽的圣诞树呢？圣诞节是一个团圆的日子，在自己心中最安全、最温暖的地方度过佳节是每一个人的愿望。

戴马亭觉得时间已经不早了，他看了看腕上的表，向大家提醒道：“我们得赶快回学校了，宿舍的晚餐马上就要开始。如果我们没有按时到场的话，今天发生的这些事一定会被培克老师发现的。”

“管那么多干吗！不过，吃晚餐这件事倒是挺重要的。”马提斯边走边说。

在决斗的时候，马提斯的右眼被瓦威加的拳头打得青一块紫一块，看起来十分显眼。

“疼吗？”邬理一直在替他担心，生怕他落下什么大毛病。

马提斯随意地摇了摇头，说：“放心吧，我一点事都没有，职校生那点三脚猫的功夫能把我伤到什么程度？一点皮肉伤罢了！”对马提斯来说，“祭饱五脏庙”❶才是唯一需要认真对待的事。

街上出来购物的人逐渐多了起来，很多人都是吃过晚饭，出来一边散步一边为亲友或者家人准备圣诞礼物的。他们当中不论大人还是小孩，每个人手上都拎着大包小包，脸上也洋溢着幸福、快乐的笑容。姚尼虽然加快了脚步，但眼睛和脑子都没有闲着，看到路上这一幕幕景象，他禁不住想起了在美国和爸爸妈妈共度圣诞的那段时光。虽然他那时候还小，但当时幸福的感觉还是在那个幼小的心灵中留下了深刻的印象；虽然具体的细节已经在回忆中变得模糊，但想起来还是会觉得很温暖，那种家的感觉一直深深触动着他。只是，这温暖的回忆同时也勾起了被父母遗弃的那种辛酸。❷

爬过一个高坡，大家已经累得气喘如牛。有的人

❶“五脏庙”常用来代称自己的身体，有时也把吃饭称作“祭五脏庙”。

❷圣诞节欢乐的气氛和姚尼内心悲伤的回忆形成了对比，让读者不禁再次对这位少年心生怜悯，同时对他坚强的人生态度产生钦佩。

都蹲在地上迟迟不肯前进了。

“喂！我们休息一会儿吧！”塞巴修终于忍不住了，大声喊道。经过刚刚那一番“战斗”，他的力气已经被完全耗尽了，加上快速地赶了一段路，体力实在不支，现在他的两条腿感觉像灌了铅一般，完全不听使唤。

“好，那我们在这里暂时休息一会。”戴马亭也停下了脚步，让大家在原地缓口气。虽然寒风刺骨，他却早已汗流浃背，确实太累了！

吉奇斯蒙中学地处半山腰。站在这儿往下望去，可以看到城里闪烁着繁华的灯火；抬头仰望，则能看到学校最高的建筑物——学生宿舍。这个时候是吃饭的点，因此宿舍那栋楼只有几盏灯在亮着，远远看过去真像一艘航行在大海上的巨轮。

培克老师的寝室是二楼最靠边的一间，那里也是少年们最喜欢去的地方。每当同学们想家的时候，他们都会去那里找培克老师玩耍，听他讲述自己年轻时的故事，或者一起做一些好玩的游戏。只要有培克老师在，这群少年就不会被想家的情绪击垮。在他们心中，培克老师早已经是父亲一般的人物了，能有他相伴真是一件十分幸福的事。

“我们出发吧！回去见一见培克老师！”休息了一会儿后，戴马亭催促大家继续赶路。

稍做休息后，大家渐渐恢复了体力，也逐渐冷静了下来。但是随着温度越来越低，大家个个冻得双唇发紫。先前赶路时身上冒出的汗也已经失去了热量，反而不断刺激着他们各自的皮肤。天上暗黑色的云聚集在头顶，像铅块一样沉重，看来又一场大雪将要来临。

“喂！站住！你们怎么在外面！”

当大家接近校门口的时候，担任纠察队队长的戴奥德突然出现，朝他们大声吼道。大家听到突如其来的声音都愣了一下，纷纷停住了脚步。

“你们是溜出去看电影了吗？看什么了？电影好看吗？”此时天色太暗，光线也十分微弱，戴奥德并没有发现他们一副打架过后的狼狈相。

星期三下午是没有课程安排的，但按照学校规定，为了保护学生们的安全，住宿生的自由活动范围仅局限在校园里，他们是不能随便出校门的。但每周都会有人趁着纠察队不注意偷偷跑到外面，看场电影或者逛逛街什么的，毕竟这个时间段在学生们看来是最快乐的时候了。下午在体育馆的那场冲突让戴奥德觉得十分丢脸，这件事导致他现在看到这几人都觉得分外碍眼。邬理这时候心里更是叫苦不迭。

“对呀！电影真是棒极了，可惜你没这个眼福喽！”塞巴修故作轻松地说。

“别跟他废话，和这种人说话简直是浪费口舌。”马提斯看见戴奥德那张笑面虎的脸就一肚子火。

戴奥德轻轻握住下午被钢琴压到的手指，虽然伤口还在隐隐作痛，但现在他心里开心极了——正愁找不到机会报复一下这几个人，没想到他们自己送上门来了。他走到戴马亭面前，趾高气扬地说：“哟，这不是我们的戴马亭大班长嘛！亏你还是模范生呢，校园里的规定你不会不知道吧！居然还带头溜出校门。走吧，跟我去见培克老师，有的是你们受的！”

戴奥德脸上不自觉地浮现出幸灾乐祸的笑容。凡是偷偷溜出校门的住校生，都会受到培克老师严厉的惩罚。想到都不用自己动手，就能够狠狠地报复一下这群冤家，戴奥德恨不得马上见证这个时刻。

晚饭的时间快到了，培克老师正在寝室里收拾东西，准备到餐厅去。他是一个十分爱干净的人，这么多年来培克老师已经养成了一个习惯，每次在离开房间前，他都会把杂乱的屋子收拾好。这种生活态度是十分值得钦佩的。突然，门外传来了一阵急促的敲门声。

“谁呀？”培克老师高声问道。

“是我，戴奥德！我有一件事要向您汇报一下！”

“哦！原来是戴奥德啊！好的，我来了！”

培克老师知道戴奥德是这星期纠察队的队长。根据学校的相关规定，纠察队由高年级各班轮流担任，一星期轮换一次。而至于纠察队的工作，不只是要管理秩序，还应该起模范带头的作用，在日常生活中协助低年级学弟们解决他们的问题。当然了，有权力的地方总会出现一些不肖的人。每年纠察队中总会有那么几个纠察队员滥用职权，他们打着管理秩序的幌子，整日在校园内作威作福、欺压学弟，而戴奥德就是其中之一。培克老师已经接到了好几起对戴奥德的投诉，准备抽空找他来谈谈话。但他突然到寝室敲门，不知道又要搞什么名堂。❶

❶此处对戴奥德的间接描写进一步揭示了该人物的特点。

培克老师打开门后，看到的是戴奥德一副兴奋的表情。戴奥德见到培克老师后，得意地说：“老师，您看，这几个学生今天下午偷偷溜出学校看电影了，他们回来的时候正好被我抓到，特地带来向您汇报。”

培克老师往戴奥德身后一看，这不是平日里他最喜爱的几个学生嘛！只见他们一个个狼狈不堪地低头站在戴奥德身后。

让他们走进房间之后，培克老师突然发现很多人身上都破败不堪：邬理的脸和手冻得发紫，甚至整个身体都在颤抖；马提斯眼睛上肿了一大块，青色的大包从右眼周围凸出，连眼睛都快要看不到了；塞巴修的衣服浑身都是湿的，上衣和裤子没有一块完好的地方，很明显是被什么人撕破的；再瞧瞧戴马亭，他的头发乱得像个被暴风雨侵袭过的鸟窝；姚尼的嘴唇上像是涂了口红一般，定睛一看才知道那是已经被冻结的血渍。看到这些学生的模样，培克老师不禁替他们担心了起来。

这五个人虽然在表面上竭力想装出若无其事的样子，但培克老师知道一定有什么事情发生，否则不会好端端地成了这副模样。他仔细地端详着这几位学生的脸，心中十分疑惑——究竟是什么样的事，能让这群孩子不顾校规跑出校门？又是什么样的人让他们变得如此狼狈不堪呢？

培克老师用不紧不慢但不失威严的口吻，先向最瘦小的邬理发问，因为他觉得这些学生当中邬理是最为诚实的了："邬理，你和老师说说，宿舍规则上关于住宿生出入校门是怎么规定的？"

"住宿生除了外出时间以外，除有特殊情况不得擅自离开学校。"邬理低着头战战兢兢地回答。

听到邬理的回答之后，培克老师略微点了点头，咳嗽了两声，然后把目光转向了马提斯："那有特殊情况的时候应该怎么处理呢？马提斯你来讲讲。"

马提斯稍微抬起头看了一眼培克老师，发现他的眼神没有以前那么和善亲切。"如果有特殊的情况发生，需要经过任何一位老师签了外出证才能出校门。"就连平时大大咧咧的马提斯现在说话也十分谨慎小心。

"那你们今天拿到外出证了吗？"培克老师将声音提高了一些，五人的身体不自觉地僵硬了一下。

"没有，是我们自己要出去的。"姚尼回答。不过听他那语气，好像违反校规出校门还有理似的。

"老师，是我命令他们跟我一起出去的！"还没等培克老师继续提问，戴马亭就向前走了一步，想要把整个责任都扛下来，"您要惩罚的话就惩罚我吧！"

"我知道你很负责，"培克老师见状，严肃地说，"但是，这不是你彰显自己责任感的时候，你不要滥用自己身上的职权。只要违反校规，不管什么原因都会进行处分，在场的一个人都跑不了。"

培克老师说完之后坐在了桌前的椅子上，喝了口水，然后看着戴马亭继续说："不过处分有轻有重，你们如果把外出的理由讲清楚，学校会根据实际情况商定最后的结果。你们先和老师说说，是不是遇到了什么特殊的事？”

培克老师用温和的眼神望着姚尼，他知道姚尼有着细腻的心思，对于事情情节的描述也有一定的功底。所以培克老师相信，此时姚尼已经明白了自己的意思，并且可以给出一个合理的解释。

“今天我们确实遇到了特殊的情况。本来想请示老师，但事关重大，而且我们去做的事情肯定也是学校所不允许的。为了不让老师们为难，我们决定自己动手，等事情解决了再来向您请罪……”

还没等姚尼把话说完，塞巴修已经按捺不住自己激动的心情，抢着说道：“这样的话，万一事情闹大了也不关老师的责任，都是我们自己的行动罢了。”

“哼，想得还挺周到！你们为什么没想到万一事情闹大给老师添更大的麻烦呢？”戴奥德虽然也是刚刚才看到他们身上的伤痕，但内心并没有一丝同情或担忧，反而在这个时候挖苦起了眼前的几位学弟。

“你不要插话，先听他们说完。”培克老师训斥道。

戴奥德吃了个闭门羹，内心感到十分尴尬，脸上也青一阵白一阵。但他又不敢多说什么，只好紧紧地闭上嘴，安安静静地站在一旁。

“我们中午在体育馆排演《会飞的教室》时，符德麟衣衫不整地从门外飞奔进来，他和我们说在回家的路上，职校生袭击了他和葛洛迪两个人，并且葛洛迪被他们抓走了，这件事真的十分突然……”姚尼白了一眼戴奥德，开始一五一十地汇报起整个事情的经过。

“那现在葛洛迪怎么样？被救出来了吗？”培克老师焦急地问道。

“救出来了！”大家听到这个问题，精神都振奋了起来，几乎所有人都异口同声地回答道，毕竟这次营救行动是他们智慧和汗水的结晶。而邬理此刻却沉默不语，他觉得自己在这个过程中一点贡献都没有，不好意思说

些什么。❶

“这么大的事情，你们就自己做决定，自己行动吗？为什么不向老师汇报？这要是出点意外怎么办！”虽然眼前的少年们已经十四五岁了，马提斯甚至都快比老师长得高了，但在培克老师心中，他们永远都是孩子。况且他们这次遇到的事情十分严重，一不小心甚至可能会有生命危险，这种风险哪里是这群学生可以承担得起的呀！

“不！我们去找了一位老师和我们一起！”塞巴修赶忙回答道。

“哪位老师？”培克老师此时又疑惑了起来，找了老师一起为什么没有要到外出证？而且有老师的保护，他们怎么会个个变成这副模样？

“禁烟老师！”

“禁烟老师？”“禁烟老师”这个名字培克老师倒是经常听学生们提起，但从来没有和他见过面。根据孩子们平时所讲，这位禁烟老师和自己一样关心同学们，但他毕竟不是学校的老师，没有义务承担照顾这些学生的责任。

“对的！我们在知晓这件事情后马上去找了禁烟老师，他为我们出谋划策，并带领我们完成了这个伟大的任务！”提到禁烟老师的时候，塞巴修的话语中立马充满了敬意。

“不过，这种做法实在是太危险了！青少年打架，

❶此处邬理的反应格外引人注目。从这句话可以看出此时邬理内心对自己懦弱的表现十分不满，对未能做出实质性的贡献感到惭愧。

❷此处和前文禁烟老师在听到培克老师名字时的反应相对应，让人不禁浮想联翩。

尤其是打群架，是要受到严厉惩罚的，你们这样不仅个人安全会遭到严重侵害，如果被警察发现的话……”培克老师还是没有摆脱自己的担心。

“禁烟老师也和我们说了打群架的严重后果，所以我们决定采用他的方案智斗职校生。”紧接着，姚尼将决斗的过程、对方背弃承诺、打雪仗假装落败、小分队潜入地下室成功解救人质的过程，巨细靡遗地报告给了老师。当然，其他四个少年还在一旁不断进行补充，生动地描绘出了整个故事的细节。

培克老师始终认真地听着他们的叙述，一句话也没有多说，不过他脸上的表情随着事件经过的跌宕起伏而不断变化着：他时而紧张地皱起眉头，时而露出担忧的眼神，时而又重重地呼出一口气。当他听到禁烟老师主张用决斗的方式和职校学生一决高下的时候，又露出了一副诧异的表情，自言自语地说：“咦？怎么这么巧？”听到培克老师的话，少年们好奇地停了下来。

“也没什么，就是这位禁烟老师的做法让我想起一位失联多年的好朋友。虽然我们很久没有联系过了，但我至今都记得他曾经很喜欢这种决斗的方式。他是个主张用公平方式解决纠纷的人，打群架在他心目中是上不了台面的。”培克老师若有所思地说，“有机会我倒挺想会见一下这位禁烟老师！”❷

戴马亭一边提起手上的袋子，一边说：“这是艾嘉兰送来的听写簿，虽然人被救出来了，但卷子都已经被烧成了灰烬。”

“我要找一个罐子把这些灰烬装起来，好好保存它们，就当作本次救援行动的纪念吧。毕竟，这次行动可是我第一次在正式场合发挥出自己的本领。”马提斯一本正经地说道。他一边说，还一边把拳头举在自己的胸前。大家看了看他的表情，忍不住大声地笑了起来，培克老师嘴角也露出一丝笑意，这些可爱又调皮的孩子真是让他又无奈又喜爱啊。

在场的一群人中，只有戴奥德的表情十分僵硬，他看到培克老师如此亲切地对待学弟们，心中很不是滋味。当然了，培克老师并没有忘记他的职责。

等到气氛轻松了一些之后，培克老师对少年们说："你们的这次行动是一场正义之战，我明白你们是出于善意才违反校规走出校门，老师也从中看到了你们的团结和互助。但是，我这里一直赏罚分明，不管动机是什么，为了维持学校纪律，你们都应该受到一定的处罚。"说完这些话之后培克老师看了看戴奥德，问道："戴奥德，你来说说，应该怎样惩罚他们呢？"

一旁的戴奥德听到老师居然询问自己的意见，着实吓了一跳，他受惊似地愣了一下，然后说："嗯……我觉得可以罚他们禁足一星期，也就是一星期之内不许外出。"其实戴奥德恨不得他们受到更严厉的处分，但如果自己说太重的话就显得有些心胸狭隘了。

"好！那就罚你们一个星期不能外出。不过，在这件事情上我也应该进行自我检讨。"看到学生们震惊而又好奇的表情，培克老师解释道，"我身为一名舍监，没有完全获得你们的信任，在你们遇到困难的时候没能及时地解决问题。所以，我也要自请处分！"

"不！老师……"这其中最为惊讶的莫过于戴奥德了，他原本想着借此机会发泄一下被戴马亭夹手指的怨恨，不曾想竟然牵连到了老师……

"我跟你们受同样的处分，我也禁足一个星期。星期天下午，我请大家来我这儿喝下午茶！"培克老师没有理会大家不同意的声音，继续补充道。

"太棒了！"听到下午茶，少年们也不再进一步劝培克老师了，他们显得十分兴奋，甚至有人大声地呐喊了起来，身上的疼痛也被忘到九霄云外去了。在一片欢呼声中，马提斯的肚子咕咕地叫唤了几下，他咽了咽口水，尽量减少一些自己对下午茶的渴望。

“在吃晚饭之前，我先给你们讲个小故事吧。我要让你们了解，在任何时候，我都是你们值得信赖的人。”

说完，培克老师坐在了他书桌前那张舒服的小椅子上。他一只手肘托着腮，脸上浮现出一种之前从未看到过的温柔。少年们围在老师身边，安静认真地倾听着培克老师的故事。

“那应该是二十多年前的事了吧，当时的吉奇斯蒙中学和现在情况相差不多，有着一群和你们差不多大的小朋友，他们和你们一样天真、活泼而又可爱。当然了，学校还有几十位诲人不倦的老师，以及一名相当严厉的舍监。

“在那群学生当中，有一个长得又矮又小的小男孩，你们别看他长得不起眼，性格上可是十分友好呢！不仅

如此，他在学习上也十分勤奋，功课成绩和戴马亭一样，那叫一个顶呱呱。就是这位学习好但长相不怎么出众的少年，有着超乎常人的正义感，每当他看到有人遭受不公正的待遇时，总会站出来帮助受害者理论，甚至不惜像马提斯一样与人一战；除此之外，他的逻辑思维能力也很强，遇到比较复杂的问题喜欢推理，而且总能推到点子上，这点和塞巴修挺像的。

“不过，他也有细腻柔弱的一面：他曾在夜晚躺在学校的草地上，安静专注地望着星空，或许是有着姚尼那般的想象力吧，谁知道在他的脑海里，自己是不是已经在太空遨游了呢；有时候在三更半夜，这位小男孩还会坐在床沿上想家想得睡不着，邬理是不是也经常这样呀？”❶

❶从这里可以看出培克老师对学生们的了解之深，从侧面反映出培克老师认真负责、观察细致的性格特点。

虽然已经在培克老师这里听过很多故事，但少年们之前从来没有听到过他这么温柔的话语，每个人的脸上都不由得浮现出会心的微笑。

“有一天，这位小男孩的母亲突然生病了，而且听说病情还挺严重，被人从乡下送到了城里医治。少年知道后心中非常着急，那一次，他未经老师的许可就溜出学校到医院探望母亲，那是他第一次没有遵守学校的规章制度。

“母亲见到儿子后，心情一下子宽松了不少，虽然被病痛折磨着，但脸上还是露出了难得的笑容。那位少年知道自己对于母亲的重要性，他握着母亲发烫的手，向母亲保证以后每天都会来看望她。他希望有了自己的陪伴，母亲的病情能够好转一些。

“天色渐渐暗了下来，晚餐时间快要到了，少年不得不抓紧时间回学校，以防被老师发现。然而没想到，在校门口他被高年级的纠察队逮了个正着。”

说到这里培克老师停顿了一下，他望了一眼戴奥德，继续说道：“那时候学校的纠察队就已经存在了，他们的职责和现在的要求差不多，但可以不通过老师直接对违反校规的同学们实施处分。少年那天晚上碰到的纠察队员十分尽责，但在处理问题上却有些固执，或者说叫作不知变通。他冷冰冰地将少年盘问了一番，少年也将自己是何时出去的、去了哪儿、干了什么等等都据实以告。然而，这位纠察队员非但没有同情他，反而罚他第二天外出日不准外出。尽管少年苦苦哀求也无济于事。不得不说，这个纠察队员在执行学校的制度方面倒是十分严格。”

“到了第二天，少年不顾一切地去医院看妈妈，只要能够让母亲开心并早日康复，他自己受什么惩罚都心甘情愿。之后的几天，纠察队一次又一次地抓到少年溜出校门，并发现了他对处分置之不理的态度。纠察队员感到自己的权力受到了挑战，于是向舍监进行报告。舍监听到后非常生气，他让少年一个月都不能离开学校一步。”

“那个小男孩为什么不告诉舍监其中的原因呢？”塞巴修挠了挠头，有些不解地问。

“因为舍监是一位非常严厉的人，他处理事情的风格让全校学生都十分害怕。只要有人犯错，不管任何理由，都必须接受严厉的处分，任何人求情都没有商量的余地。另外，舍监平日里的表情也十分严肃，学生们甚至从来没有在他脸上看到过笑容，有些胆小的同学一站到他面前，就吓得一句话都说不出来，哪个人还敢告诉他原因呀！

“但是这个少年虽然被罚禁足一个月，在医院的母亲仍旧始终让他牵肠挂肚。每天一上完课，他就偷偷地溜出校门。母亲的病情时好时坏，他内心十分担心，以至于不在母亲身边的每一秒都十分煎熬。

“有一天，在他跑到医院时，母亲突然昏迷了过去，少年在医生离开后一直守护在病床前，直到妈妈清醒。那天晚上他赶回宿舍的时候，宿舍的门已经关了，更不巧的是，天正好下起了瓢泼大雨，实在没有办法，少年只好硬着头皮按响了舍监的门铃。舍监看到他不接受处分又溜到学校外面，当场大发雷霆，立即将他关到了禁闭室，不准他回宿舍睡觉。

“第二天，舍监将此事报告给了校长。校长对这件事情十分好奇，他想知道究竟是什么原因，会让一个少年一而再、再而三地违反校规走出校门。于是，校长派人把少年带到了他的办公室。

“然而，那位少年走进校长室后，舍监震惊地发现这个小男孩居然不是那个逃跑的少年，而是逃跑少年的好朋友。原来，他的好朋友为了让少年到医院看望母亲，前一天夜里主动溜到禁闭室替他受罚，没想到第二天就露馅了。

“校长在听过少年朋友的解释之后，大为感动，不但没有处罚这两个友谊深厚的少年，还亲自买了一些水果和鲜花，和小男孩一起到医院探望他的母亲，当着母亲的面称赞了她儿子的孝心。从那以后，两位少年的关系更加亲密了，他们一起读书，一起玩耍，一起旅游。虽然到大学之后两个人不在一所学校了，但每逢节假日，他们俩一定会相约共度假期的美好时光。这样的日子一直持续着，即使其中一个少年结婚生子后，他们的联系都没有一点减少。

“可惜好景不长，没过几年，已经结婚的那位少年的孩子突然生了一场大病，好友虽然是医生，却也束手无策。在到处求医无果之后，孩子终于挺不住了，安静地在爸爸的臂弯里永远地睡了过去，一个弱小的生命就这样离开了人世。孩子的妈妈非常伤心，竟一度卧床不起，过了几个月也过世了。正是应了那句老话：‘福无双至，祸不单行啊！’

“突如其来的灾难让曾经的那位少年痛不欲生，他的好友也因为没能挽回他家人的生命而深陷到愧疚和自责的痛苦当中。在参加完葬礼之后，好友不辞而别，断了和他所有的联系，消失了踪影。这样的情况让他内心更加难过。”

培克老师说到这里，声音越发地沉重起来，甚至还有一丝哽咽。他深深地叹了一口气。少年们也都默默地垂下了头。

“经历了失去家人和朋友的双重痛苦，他更加感受到了亲情和友情对一个人的重要性。这位当年因母亲生病而违反校规却得不到理解和帮助的少年，能够真切地体会到孩子们对关心的渴望，他们成长的路上需要一个人送给他们真正的温暖。所以……所以他立志到学校工作，成为学生们最好的朋友。”

“也是我们最敬爱的老师！”马提斯紧接着老师的话说。

培克老师的故事让大家深深沉浸到了其中，在场的少年都被感动地泫然欲泣，眼眶中噙满了泪花。但马提斯的肚子却仿佛感受不到现场的气氛，直接饿得“咕噜咕噜”地叫了起来。大家听到他的话，再看看他的样子，就知道他是想急着结束话题，不禁笑了出来。

同学们的笑声让刚刚悲凉的气氛缓和了不少，培克老师脸上的哀愁也消散了一些，被些许笑容所替代。

“没错，故事中的那个少年就是我。老师希望能够得到你们充分的信任，并且我不愿意再看到过去的悲剧重新上演……走，我们吃饭去吧！再讲下去就要把马提斯给饿坏了！”

马提斯听到后笑了笑，不好意思地摸了摸头。

几位少年和培克老师一起前往餐厅。在走道上，姚尼和戴马亭还沉浸在刚刚培克老师的故事中。

“你说，培克老师的那位好朋友，现在会在哪儿呢？”戴马亭向姚尼问道。

“那位朋友是学医的，年龄肯定和培克老师差不多。另外，从故事中也能略微推测出他的个性，那位朋友一定是一位富有正义感的人，而且他也应该挺喜欢孩子的。”姚尼若有所思地说。

“你是说……”戴马亭恍然大悟，表情十分地夸张。

“嘘！别让培克老师听见了。这只是我目前的推测，究竟是不是还需要进一步观察，我们再仔细想一想，说不定圣诞节还能给他们一个大大的惊喜呢！”❶

❶聪明的戴马亭和姚尼是不是和读者有着同样的想法呢？

“什么惊喜呀？”邬理正好走到姚尼身边，好奇地问。

“一个秘密！”姚尼故作神秘地压低声音说，“一个天大的秘密！过两天你们就知道了。”

戴马亭和姚尼默契地相视一笑，和邬理一同走进了餐厅。

日积月累

亭亭玉立　五脏庙　气喘如牛　汗流浃背　叫苦不迭　笑面虎　幸灾乐祸

战战兢兢　闭门羹　巨细靡遗　心胸狭隘　诲人不倦　无济于事　牵肠挂肚

大发雷霆　哽咽　泫然欲泣

延伸思考

1. 少年们在返回学校之后遇到了谁？众人为什么被带到了培克老师面前？
2. 培克老师为什么向同学们讲述自己少年时代的故事？请你用简单的话描述故事的内容。
3. 你认为培克老师是一个什么样的人？
4. 你认为本章末尾姚尼提到的“天大的秘密”是什么？

第十二章　郤理的心结

名师导读

本章前半部分用很多笔墨对葛禄依老师进行了细致的描写，从他的语言和神态中，我们对这个人物形象有了深入的了解。与此同时，给人印象十分胆小的郤理终于在本章成了主角，在经历了一件事之后，郤理整个人发生了翻天覆地的变化。他的心结是什么？他能不能自己解开这个心结呢？

伴随着冬日的暖阳，忙碌而充实的一天又开始了。

经过昨夜一场雪的洗礼，校园里再一次变得洁白无瑕。马路上、屋檐上、树枝上，都已经被厚厚的白雪所覆盖。而且让人更加欣喜的是，太阳终于在今天露面了，阳光照射在雪地上，散发出耀眼的光芒。这样的天气里，打雪仗一直是孩子们心中最快乐的事，他们忍不住穿上棉衣、戴上手套，跑向操场，抓起一把雪揉成雪球开始他们之间的“战斗”，此起彼伏的叫喊声在整个校园回响。❶

今天第一节课是葛禄依老师的德文课。在上课之前，戴马亭就早早地站在教室外面的走廊上，把前一天整理好的分数表挟在腋下，静静等候着老师的到来。他想在老师进教室之前就把昨天发生的事做一个报告，现在戴马亭的大脑正在快速运转，考虑着汇报时该有的措辞和语气。❷

在戴马亭到了教室之后不久，葛洛迪也到了。只见葛洛迪的脸肿了一大块，显然是昨天遭遇绑架后被那帮职校生打肿的。前一天晚上，在葛禄依老师回家之前，葛洛迪为了避免被父亲发现自己的狼狈相而早早地爬上了床；早上出发的时候，这位老师也没有发现自己儿子的异样。

“真是一个不关心孩子的爸爸！”戴马亭在心里想着。

葛洛迪曾经和同学们分享过他爸爸在家时的样子。根据描述，老师在家和在学校相差不多，也是不苟言笑、表情严肃。除了吃饭，他几乎所有的时间都会待在放满了书的书房里，或者备课，或者批改作业，或者阅读书籍与报纸。不得不说，葛禄依老师认真的工作态度令很多学生钦佩。

除此之外，葛禄依老师的教学方式也让很多同学在课堂上受益颇深。他的教学内容丰富多样，在他的课上，学生们经常可以听到各种各样的奇闻趣事，内容涉及文学与生活等各个领域，听他讲解的过程中，所有学生都不会犯困。另外，老师的上课态度非常严厉，他不允许任何一个学生偷懒或者浑水摸鱼，只要有人敢在课上走神或者开小差，他总能在第一时间发现，而那位学生也就躲不过被惩罚的下场。至于作业呢，每一次布置的任务，葛禄依老师都会认真批改，甚至连很多同事都十分佩服他的教学精神。

老师虽然表情很严肃，却经常会说出一些让人捧腹大笑的话来，就算是和老师相处时间比较久的学生也搞不懂他究竟是不是故意的。

❶场景描写。此处写出了冬天下雪后校园里的景色和孩子们打雪仗的情景，给人身临其境的感觉。

❷从戴马亭的准备工作中可以看出葛禄依老师严厉的特点。

比如有一次考完试，老师在讲台上分发考卷，点到马提斯的时候，马提斯紧张兮兮地走上讲台，葛禄依老师推了推自己鼻梁上跨着的老花镜，端详着他的卷子。

“上次考了几分？”发问的时候，老师的眼睛都没有看向马提斯。

“全班最低分。”马提斯小声地说道，他现在变得更加紧张了，甚至双手已经开始出汗。

“嗯，好！这次有进步。”虽然是在夸奖，但老师的语气似乎没有什么波动。

马提斯没有注意到老师说话的口气，他正在心里觉得高兴的时候，老师又开口了：“不过，这次还是全班最低分。”

听到这句话，马提斯的脸上刚刚才浮现出的笑容突然就凝固了，他像斗败的公鸡一样，接过沉重的试卷，垂头丧气地回到座位。此时坐在下面的同学们早已笑得东倒西歪。看着大家忍俊不禁的表情，葛禄依老师脸上浮现出一种见怪不惊的表情。他一直以来就是这样，当说了好玩的事情逗笑大家之后，自己则表现得十分镇定，仿佛全然不知他的幽默感给大家带来的欢乐。或许在这位老师严肃的表情背后，是一颗爱开玩笑甚至是孩子般顽皮的心吧！❶

上课铃声响了，老师们纷纷离开办公室向教室走去。葛禄依老师用他那特有的沉稳步伐从走廊那头走了过来。

“葛禄依老师……”戴马亭看到葛禄依老师，赶忙迎了上去。

“什么事？”葛禄依老师的目光炯炯有神，他瞪着戴马亭问道。老师的那张脸上还是写满了严肃，让看到的人禁不住脚底发凉。戴马亭也不例外，现在他的心里像吊了十五个水桶一样七上八下的。

“昨天……昨天下午，我们被职校生半路袭击，听写簿也被他们抢去烧毁了。”

“哦？是不是大家考得不理想，和外校学生串通好故意烧掉的？”葛禄依老师的话语中透露出的威严让戴马亭身体都为之一颤，而且老师有了这样的猜测，那他们可真是跳进黄河都洗不清呀！

“不是的！老师，事情不是您想的那样。”戴马亭赶忙回复道。此时他的心里也在嘀咕：“真是开玩笑，我们怎么会和那些人串通！互相仇视的两帮人可能会有合作的机会吗？”紧接着，戴马亭把前一天发生的事简明扼要地向老师做了汇报。老师一边走，一边面无表情地听着，无论戴马亭怎么看，都猜不到他内心在想些什么。报告完后，戴马亭把记录好的分数表递到老师手中。

❶本章的前半部分对葛禄依老师进行了细致的描写。葛禄依老师平时不苟言笑，课堂上却能给学生讲各种各样的奇闻趣事；平时表情严肃，课堂上却能讲出令人捧腹的笑话来。

当他陪着葛禄依老师走到教室门口时，教室里传来了一阵像菜市场叫卖一样的嘈杂声。戴马亭迅速走回座位，才刚坐下，就猛然发现老师背后的天花板上竟然悬挂着一个垃圾桶，再定睛一看，那桶里竟然还装着一个人，那不是邬理吗？他怎么到了垃圾桶里？又是怎样被挂到天花板上的呢？看着蜷缩在桶里一动也不敢动的邬理，戴马亭心中充满着惊讶与震惊。❷

❷邬理怎么会跑到了垃圾桶里？又怎么会被悬挂在天花板上？这么过分的玩笑着实让人难以接受。

原来，班上有几个调皮捣蛋的学生，趁着班长不在教室，合起伙来欺负邬理。他们中一个人将矮小的邬理抱住，另一个人用绳子将他的双手反绑，然后放

进垃圾桶挂到了天花板上。邬理想要反抗，但无奈身材实在是太瘦小了，力量和对方也不在一个层面上，只能不断地挣扎。当被悬挂到天花板上后，邬理就不敢动弹了，因为他一站起来，那垃圾桶就晃得很厉害，要是一不小心掉下来，很有可能直接砸到老师的身上。

马提斯看到这一幕，心里也十分气愤，觉得欺负邬理的这些人玩得有点过分了。他想起身去帮邬理，结果被几个捣蛋鬼按在椅子上，纵使他的力量很大也根本无法动弹。

戴马亭正要举手向老师汇报这个情况，老师却指着讲台上用手帕包裹着的灰烬问道：“这是什么东西？”

戴马亭只好暂时先回答老师的问题，说：“这就是昨天被烧掉的听写簿。”

“哦？还真是出人意料啊！昨天是谁负责这个听写簿的？”葛禄依老师脸上的表情还是没有任何变化，语气冷冰冰地问道。

“是我！”老师的儿子葛洛迪赶忙从座位上边举手边站了起来。

“刚刚我听说你昨天被职校生们绑架了，是这样的吗？有这样‘光宗耀祖’的事情吗？”

“确实是这样的。”葛洛迪知道自己的父亲是在责怪自己没有及时向他汇报这个事，继续说，“昨天有二十多个职校生在半路偷袭了我和符德麟，我们双拳难敌四手，只能落居下风。符德麟拼尽全力突围去寻求帮助，我则被他们逮到了一个地下室，被那帮人用麻绳绑了起来，我的脸就是被他们打肿的。后来符德麟找来的救兵合力才把我救了出来。这些听写簿是那些职业学校的学生当着我的面烧毁的。”

“好，庆祝你能成功脱险，不过我想知道你昨天被抓走了多久？”老师似乎并没有为他的遭遇所担心。

“大概有四五个钟头吧。”葛洛迪想了想说道。

“那你放学后没有及时回到家中，父母都没有发现吗？”老师向自己的儿子问道。

“嗯，我悄悄地做了一些手脚，并且在回家之后就早早地关灯上床，直到现在他们都不知情。”葛洛迪无奈地回答。

“你的父母居然这么不负责任？自己的孩子遭遇了这么大的危险都丝毫不关心？”葛禄依老师怒气冲冲地说。学生中已经有些人开始小声地笑了

起来，难道老师忘掉了自己就是葛洛迪的爸爸吗？❶

葛禄依老师好像越想越生气，他跨着大步走到葛洛迪面前。

❶葛禄依老师真的忘记了自己是葛洛迪的爸爸吗？当然不可能！

“请你替我好好地转告你的父亲，让他以后多给予你一点关心，否则的话……否则的话我就要亲自去你家拜访一下他了。”

听到这些话，教室里的同学们再也忍不住了，都大声地笑起来。当然，有两个人除外，一个是满脸大惑不解的老师，另一个就是被挂在天花板上的邬理。

❷邬理被挂在了天花板上，葛禄依老师竟然没有发现，从侧面形象地表现出葛禄依老师认真负责的态度。

“还有一件事，我告诉大家一个好消息！”老师似乎也不想了解大家为什么哄堂大笑了，拿着戴马亭整理出来的分数表慢悠悠地说：“你们这学期的听写成绩，都已经被登记在我的授课手册上了，所以嘛，你们放心，每个人的成绩都会毫无差错地送到你们父母手里，至于这份表格……”老师停顿了一下，向大家晃了晃分数表，继续说：“这份表格就是用来和你们的成绩对照一下的，我看看有没有人谎报了自己的分数。”

同学们集体发出了一阵惊呼声，然后有人便开始低头窃窃私语。老师没有理会大家的反应，说完就转头大步走回讲台。在讲台下一抬头，葛禄依老师终于发现了天花板上的垃圾桶。

“是谁把垃圾桶挂到那里的？”老师显然生气了，“是不是有人看我不顺眼，想要搞点恶作剧欺负一下我呢？”看老师的样子，他还没有看到垃圾桶里的邬理，也确实，谁会想到那么高的垃圾桶里还会有一个人呢！

戴马亭和马提斯同时站了起来，想要走上前去放下垃圾桶，救出被困其中的邬理。

“算了，大人不计小人过，下课再说。”老师的口吻极其严厉，在他心中，课堂上的每一分钟都是十分宝贵的，这是全班所有同学的学习时间，再大的私人事情都不能在这样的时间档进行，否则造成的损失一个人可承担不起。戴马亭和马提斯听到老师这样的语气，只好无奈地重新回到座位上。

“好，我们正式开始上课，首先来复习一下昨天教的生字吧。”

这时垃圾桶里的邬理挣扎了一下，他的腿都蜷缩地快要麻木了。悬挂着的垃圾桶摇晃了两下，似乎快要掉下来的样子。座位上那几个欺负邬理的同学笑了几下，但看到葛禄依老师凶巴巴的眼神后就再也不敢发出任何声音了。

“塞巴修你来说说吧，‘马车’应该怎么拼？”葛禄依老师最喜欢单独提问学生了，他觉得全班一起回答问题的话，必然会有在其中浑水摸鱼的学生。提问过后，老师的眼光便开始扫视着全班的学生，在座位中找人。

听到自己被老师点到，塞巴修赶紧把正在偷看的课外书塞到了书桌里。幸好背单词这种事对他来说小菜一碟，他成功地躲过了一劫。

“很好！”老师点了点头，看上去对塞巴修的表现比较满意。

“那‘骑士’怎么拼呢？邬理？”老师看了看书后又发出了提问，然后抬起头来望着讲桌下面一张张快要爆笑出来的脸。但等了好半天，教室里都没有人回答。

“邬理，快回答！”老师显然有些等得不耐烦了，愤怒地大声吼道。❷

“嗯……嗯……”垃圾桶的邬理此时已经涨红了脸，他努力地想要做出回应，但处在这个位置的他脑袋里一片空白，想要说些什么却始终说不出口，只能轻声地嗯了两下。

老师听到自己的提问终于有了回应，脸色才好看了一点。但他随后又意识到声音是从天花板上发出来的，于是怀疑地往上瞧了瞧，终于发现了被困在垃圾桶里的邬理。

“岂有此理！”老师又一次生气了，“竟然爬到天花板上听课了，是嫌坐在椅子上听课太无聊，要自己整点乐趣吗？快给我下来！”

邬理想要反驳什么，但又着实难以启齿，只能满脸无奈地在那个狭窄的空间里挣扎。在他的努力之下，垃圾桶在天花板上晃来晃去，稍微一不小心就能掉下来。

教了这么多年书，葛禄依老师还是第一次碰到这样的事情，他简直要气炸了，手都开始抖了起来。“不错，在教室里荡秋千，这个创意还是挺不错的。在我的课堂上竟然还有这样的情况发生，你们是不是想造反了？到底是谁做的？”老师问。

“有……有很多人。”邬理在垃圾桶里回答，声音十分微弱。

“好！既然这样，那就全班罚抄课文十遍。”老师宣布。

老师的话就像是炮弹一样击中了全班同学，只听得教室里发出了“呀”的一声惨叫，然后就是一片寂静。大家的内心五味杂陈，但没有人敢站起来求情，更没有人有胆量和老师讨价还价，他们知道葛禄依老师的脾气，他嘴里吐出来的泡沫都是钉子，如果有人对他的处罚不满意，或者敢哼出半句的话，那些钉子的数量就会增加一倍，反抗者的后果也会更加惨烈，这样的情况就连老师的儿子——葛洛迪也不例外。

趁着大家惊叫的空当，戴马亭和马提斯赶忙冲上讲台，把邬理从天花板上放了下来。脱困的邬理脸色苍白，他低着头，一句话也没有说，径直

走回了座位。大家对他的这些反应也没有在意，觉得他可能是吓得或者是内心憋屈才会这样。❶

接下来，更大的悲剧开始了。

老师拿起粉笔转过身去，开始在黑板上写考题。从开始写的时候，老师的眼睛就再也没有看过同学们一眼，教室里也鸦雀无声，只能听到粉笔写字的沙沙声响。转眼之间，密密麻麻的题目就布满了整个黑板，每一个学生都奋笔疾书，虽然他们写得手都酸麻了，但老师却一点儿也不留情。

就在这时，窗外飘起了一阵大雪，天空中飞舞的雪花仿佛是一个个音符，正在为他们弹奏一首哀悼的曲子。

“完了！惨了！”马提斯向来都是最不会背书的那一个，此时的他已经被那些外来的大小写字母搞得晕头转向了，最不争气的是他的肚子，又开始咕咕地叫了起来。考试时间在同学们的答题过程中很快就结束了，在收考卷的时候，马提斯轻声地对旁边的同学说：“如果今天职校生再把葛洛迪绑架一次，并且烧了听写簿，那该有多爽！”❷

老师好像是听见了他说的话，决定亲自把考卷带回家。这一下马提斯便没有了任何希望，有气无力地趴在桌子上。下课铃声响起后，葛禄依老师慎重地将收上来的考卷打包，然后夹在胳膊肘下面，用来时那样稳重的步伐走出了教室。

❶此时作者已经提到了鄔理的不对劲，为后文写他的一系列反常举动埋下了伏笔。

❷语言描写。马提斯为了不交听写簿，宁愿职校生再把葛洛迪绑架一次，并把听写簿烧掉。他的心思让人哭笑不得。这里准确地表达出马提斯单纯、不爱学习的特点。

课间休息的时候，邬理一直一言不发地坐在自己的位子上，他眉头紧锁，对任何人都不搭理，仿佛在沉思着什么。马提斯走到他旁边想要说几句安慰的话，也被邬理无情地拒绝了。

一直到午饭的时间，邬理都保持着这样的状态，对谁都不理不睬。放学后，他一个人默默地收拾完书桌上的东西，然后径直走出了教室。这样的情况让姚尼和戴马亭开始有些担心，他们从来没有见过邬理这个样子，之前被一些捣蛋的同学欺负过后，邬理憋屈一会儿便也不再当回事，开始和大家有说有笑了，这一次他却作风大变，让每个人都不知所措。马提斯见到邬理这个样子心里更是难过得不得了。

邬理独自走在校园里的路上，他越想心里越是难过。在早上，他以为大家只是开开玩笑，所以当别人反绑他双手的时候他并没有拼尽全力挣脱，但令他实在没有想到的是，那些人居然把事情做得这么过分，让他当众出丑不说，还在老师的面前搞出了洋相。而班里的其他同学呢，也总是认为大家都是同班同学，偶尔搞这么个恶作剧也是为了增强同学之间的友谊，何必那么认真呢！

下午第一节课的预备铃响起，这时候老师们还没有走进教室，同学们也都在闹哄哄地说着话，邬理趁这个时间走到讲台上，大喊了一声：“安静！”

坐在座位上的同学们根本没有理会邬理的这些举动，有些人甚至都没有听到邬理说话的声音。有几个听到邬理说话的学生也只是莫名其妙地看了他一眼，便继续着刚刚的吵闹。

“安静！”邬理见状，并没有表现出一丝尴尬，而是使出了全身的力气，再次放声大喊。这次他的声音实在是太大了，或许都已经传到了楼道里的其他教室中。讲台下的同学们见状，都被吓得闭上了嘴巴。

邬理的脸色苍白得像一张白纸。他扫视了全班一眼，然后鼓足勇气郑重地说："我要告诉你们，我邬理已经受不了了！我知道，你们很多人都认为我是胆小鬼，觉得我好欺负，我对你们一直以来的恶意挑衅已经受够了！现在，我要向你们证明，如今的邬理已经和以前不一样了，我绝不是一个胆小鬼！"说着说着，邬理的情绪就不由自主地爆发了出来："今天下午放学后，请你们立即到操场上来，我一定要证明给你们看！"

邬理在说完之后，没有理会大家目光中的诧异和惊愕，径直走回自己的位子，拿出课本开始静静地看书。

“喂！矮子！你怎么了，发生了什么事？”马提斯一个箭步就冲到了他的面前。

“不用你管！下学后你来操场不就知道了嘛！还有，以后请不要再叫我矮子。”邬理的语气中透露出来的冰冷把马提斯吓了一跳，他的眼神中也散发着敌意，那样子，仿佛随时准备要和人打架似的。

马提斯瞪大双眼看着眼前的邬理，似乎在看一个完全不认识的陌生人。他实在想不明白为什么邬理突然之间就像完全变了个人似的，和他之前的样子完全不一样了。❶

❶邬理的反常举动和所说的话语不禁让人产生好奇：为什么他突然变得如此冷冰冰？他要通过什么方式来证明自己呢？这一部分对邬理神态、语言的细致描写为后文的叙述做了很好的铺垫。

日积月累

洗礼　洁白无瑕　不苟言笑　奇闻趣事　浑水摸鱼　东倒西歪　忍俊不禁
炯炯有神　跳进黄河都洗不清　双拳难敌四手　窃窃私语　小菜一碟
难以启齿　五味杂陈　鸦雀无声　奋笔疾书　晕头转向

延伸思考

1. 从本章中你能看出葛禄依老师什么样的人物特点？
2. 本章中邬理身上发生了什么事？在事情发生之后邬理有了什么样的变化？

第十三章　感人的重聚

名师导读

当读者还在为邬理的异常行为感到惊讶和好奇之时，作者却在这一部分讲述了一件令人感动的好友重聚的事情。在戴马亭、姚尼的策划下，培克老师和禁烟老师终于在多年后重新见面了，可以想象得到他们一定都非常震惊和感动吧！这一章中，作者对情节的安排和对细节的描写非常到位，相信读者一定会被这份真情所感动，同时对于友谊也能产生新的认识。

下午有两节团体活动课，这两节课是由培克老师来上的。在上课之前，姚尼和戴马亭向老师提出了排演圣诞剧的请求，同时还建议其他没有参加演出的同学到现场当观众，顺便为他们的表演提供一些意见。

“好呀！看来我也可以提前一睹为快了！”培克老师正思考着这节课的教学内容，觉得这两位学生的提议很不错，于是便欣然同意。

“不！”姚尼一口回绝了老师。

“为什么？”培克老师对这突如其来的拒绝还有一丝震惊，他疑惑地看着姚尼，“我也可以和同学们一起当观众，给你们提供一些宝贵的意见呀！”

一旁的戴马亭担心培克老师多想，为避免引起不必要的误会，他赶紧凑在老师耳边轻声说道：“我们要趁这个时间，带您去见一个人。”

“哦？是什么人呢？我认识的人吗？”培克老师对这突如其来的安排感到十分惊讶。

“不但认识，而且相信您一定十分乐于见到他！”姚尼也上前对培克老师说道。

培克老师顿时被这两个学生搞得一头雾水，不过看他俩一副神秘兮兮的样子，他也产生了一些好奇心。

“好吧，那我就答应你们，跟你们走一趟。”

上课铃响起后，戴马亭组织同学们在体育馆集合，并将排练的具体工作做了认真的安排。趁着大家准备台上布景和道具的时间，姚尼和戴马亭带着培克老师走出校门，向禁烟老师的车厢方向走去。

在路上，培克老师不断问着排演的事情，但戴马亭和姚尼似乎都心不在焉，只是在口头上随意回答着。培克老师看得出来两人心里都在想着别的事情，对他们的表现感到十分诧异：平常的时候这两个少年总会认真地回答他的提问，况且现在问的还是他们作品的第一作者和布景负责人啊！任凭培克老师怎么想也想不出究竟会有什么事情能让他们如此上心，以前只要任何人问起圣诞剧，他们一定会眉飞色舞地谈论起来，但现在却是另外一番模样。❶

❶ 戴马亭和姚尼两人在关于话剧的问题上都表现得心不在焉，可以看出他们对安排培克老师和禁烟老师见面这件事的用心。

走着走着，培克老师实在忍不住心中的疑惑了，向两个学生问道：“喂！你们俩到底要把我带到哪里去？这都已经走出校门了呀！”

两个少年只是神秘地相视一笑，都没有回答。

“老师昨天谈到的那个失去联系的朋友，他是做什么的呢？”气氛尴尬了一会之后，姚尼突然开口问道。

❷ 姚尼向培克老师提起了老师多年失联的朋友，一是缓解尴尬的气氛，二是姚尼在确认禁烟老师是不是培克老师失联多年的朋友。

“他原来是一位医术十分高明的医生，但就是因为救不了我的孩子和太太，就宣布从此不再为人看病。”提到这个话题后，培克老师的心情瞬间沉重了很多。“唉！这件事对他的打击确实太大了。其实有时是命运在捉弄人，任何医学研究在这样的事情面前都是无济于事的。我安慰了他很久，但他始终没能从自己的愧疚中走出来。”培克老师忧伤地说。

“他会弹钢琴吗？”姚尼紧接着又问道。❷

培克老师瞪大眼睛望着姚尼，显然对他的问题充满着十足的惊讶。过了半晌，培克老师才开口：“会的！而且他弹得非常好听。以前我最喜欢做的事就是邀请他星期天下午来家里，我可以一边喝茶一边聆听他弹琴。他也从来没有介意过为我弹奏，每次都是一首接着一首曲子地弹……那段时光是我人生中最为快乐的日子了，到现在都令人无法忘怀。”

培克老师的目光看向远方，深沉得让人不可捉摸。过了好久，他才回过神来，猛然问道：“你们为什么突然问这些？”

“我们只是随便问问！”姚尼的眼神没有看向培克老师，刻意避重就轻地回答。

不知不觉间，三人已经走到了禁烟老师的小花圃那里。

“二十年前，这里还是森林呢！没想到变化会这么大！”培克老师看了看四周，感慨地说。

戴马亭打开花圃的栅门，那动作看起来相当熟练。他望见禁烟老师的车厢，烟囱里正冒着缕缕白烟……

“太好了，他在家。”戴马亭跑上前去敲门。

“有人住在这个车厢里吗？这个地方一般人还真是找不到呢，可以说是一个世外桃源了吧。”看到戴马亭的动作，培克老师问站在身旁的姚尼。

“是的！有人专门买来一节废旧的车厢把它当作自己的小屋，而且还把附近的一些地块都装扮得十分漂亮。他是我们的朋友，我们每个人都非常喜欢他，就跟我们喜欢您是一样的！所以我们想让你们也彼此认识一下。”姚尼解释说。

“噢！我想起来了，他是你们的禁烟老师！”培克老师无意间看到了车厢上挂着的小牌子，恍然大悟地说，“原来是这样啊！经常听你们提起这位朋友，我也早就想认识一下了。不过这也并不是什么见不得人的事情呀，你们为什么要弄出神神秘秘的样子呢？”培克老师不解地问。

还没等姚尼回答，车厢的门开了，禁烟老师看到了戴马亭，愉快地和他打了声招呼，接着，当他一只脚踏出车厢，准备请戴马亭进去坐下交谈的时候，看到了站在庭院中的姚尼和培克老师……

此时，培克老师也在怔怔地望着他……

不可置信的表情同时出现在了两位老师的脸上，接着，两个人从喉咙里同时发出极力压抑却又迫不及待的声音。

“罗勃！”

“培克！”

两位老师此时根本顾不上现场还有两个少年，他们都表现出一副震惊而又感动的样子。培克老师迅速地大步奔向禁烟车厢，向这位许久不见的老朋友伸出了双手。禁烟老师也含着眼泪上前，两双手紧紧相握，似乎永远也不愿再分开了。他们的神情是那样专注，就连姚尼和戴马亭悄悄离开都没有发现。

姚尼低着头默默朝学校方向走去，戴马亭也没有说话。两个人的脑海中都重现着刚刚两位老友重逢的那一幕，每一个细节都深深震撼着两位少年的内心。他们明白对方心中此时的感受，在这样的氛围中，说什么都像是多余的。

日积月累

欣然同意　一头雾水　神秘兮兮　诧异　眉飞色舞　忘怀　避重就轻
世外桃源　怔怔

延伸思考

1. 戴马亭和姚尼通过怎样的方式促成了两位老师的重逢？
2. 感受了禁烟老师和培克老师之间的真情，你对友谊有了什么样的认识？

第十四章　从高空跃下

名师导读

体育馆里的排演在有条不紊地进行着，然而，就在这个时候，操场上却发生着一件大事。邬理在回到宿舍之后，对上午发生的事情始终无法释怀，他决定将一件惊天动地的大事付诸实践。排演结束之后的戴马亭、姚尼、马提斯正好看到了事发的现场，而恰恰就在这件事发生之后，每个少年都展现出了他们的另一面。

体育馆里闹哄哄的，光听这声音好像是有一群青蛙被人倒在了这里，呱呱地乱叫着。只要一靠近体育馆门口，大家就能感受到舞台旁充斥着的那份躁动。

《会飞的教室》最后一次排演就要开始了，台上每位工作人员都在塞巴修的指挥下匆忙地做着准备工作。当同学们在陈设布景和道具，正忙得不可开交时，戴马亭和姚尼回来了。看到他们俩的出现，塞巴修终于松了口气。

在体育馆的角落里，几位同学正在七手八脚地将圣诞树立起来，之后他们又往树上挂了许多灯泡。不仅如此，圣诞树枝叶间被点缀上的棉花，看上去就像白雪，生动极了！

“扮小女孩要戴的那顶金黄色长发呢？”戴马亭对着道具的目录单，做着最后的检查。

“符德麟已经去理发师那里拿了。”有知情的同学回答。

符德麟是班上有名的“飞毛腿”，他的大长腿跑起来速度飞快，因此像跑腿取东西这种需要速度又需要耐力的事都非他莫属。

马上就要做最后的彩排了，听到“最后一次准备”的口令传达下来后，马提斯赶紧拿出一大袋面包开始猛吃。他一边把面包往自己的嘴里塞，一边还大方地递给同学们，请他们都吃一点。今天晚餐前，马提斯就可以收到家里寄来的钱了，他现在一点都不担心自己在接下来几天饿着肚子的情况再次出现。

“吃饱了才不会忘记台词嘛！”马提斯一边吃一边说，“要是饿着肚子上台表演，我的脑袋里必然会是一片空白。”

“咦，邬理哪儿去了？”等到符德麟取回那顶金黄色长发之后，姚尼突然发现扮演小女孩的邬理不见了。❶

“别提他了，刚刚我去买面包的时候还碰到过他，他正往宿舍走呢！”马提斯吞掉口中的面包回答道，“他看到我之后，和我说叫咱们不用等他了，反正他的角色没有什么台词。我想一想也确实是这么回事，也就同意了！”说完之后马提斯又撕下一块面包扔进嘴里，一边嚼一边咕哝着：“这矮子从早上开始就有些不对劲，也不知道他怎么了！”❷

“好吧，那我们先开始！”戴马亭一声令下，排演

❶语言描写。简单的对话，就写出了人物的性格特征：符德麟跑得快，马提斯爱吃，姚尼心细。

❷从早上开始就有些不对劲，到现在没有出现在排演的现场，邬理会不会真的要兑现他中午和同学们说的那些话呢？

从第一幕开始了。

在表演的过程中，台下的观众看到演员们个个一本正经的模样，不时发出“哈哈”的笑声，这些表演者们在台上的一举一动可是和平时的表现大不相同啊。落幕的时候，体育馆里爆发出了震耳欲聋的掌声，大家聚在一起相互讨论，每个人都认为整个节目十分精彩。

“大功告成！”戴马亭向大家宣布，“今天我们的彩排十分成功！不过刚才表演的时候，台下的观众都是我们每天一起上课的同学。明晚在正式演出的时候，观众席必然会出现很多陌生的面孔，大家到时候一定要保持镇静，内心不要紧张，像今天这么表演就可以了！”

戴马亭说完之后，充当观众的同学们也热情地对表演中的一些小问题提出了自己的建议。经过一番讨论，大家决定把那些有点摇晃的布景，像北极冰原、维苏威火山和埃及金字塔等这样的大幅背景全部钉在木头上，以保持它们在整个节目过程中的稳定。

“布景一定不能东倒西歪，否则的话，不用等我们开口，观众就会为倒下去的火山而哄堂大笑了。如果这种情况出现，我们的演出效果一定会大打折扣！”戴马亭的确对此有点儿担心。

在场的同学们一起动手，将道具布景进行加固。等到一切就绪时，两节课的时间也差不多过去了。放学时间到了，走读生们准备各回各家，住校生们则收拾东西要在老师检查之前回到宿舍。

等到众人散去，姚尼、马提斯和戴马亭还留在体育馆内，商量着明天表演的事，看看还有没有之前没有考虑到的东西。就在他们讨论的时候，操场上正发生着一件令人不可思议的事。❶

邬理趁大家聚精会神彩排的时候，一个人溜回了宿舍。在路上，上午自己被同学们欺负的那件事一直在邬理的脑海中不断回放，邬理越想越气，内心也始终无法释怀。他暗自下定决心，一定要做出一件惊天动地的事来，让大家对他刮目相看。

回到宿舍后，邬理找到了平时用来挡雨的雨伞，然后带着走到了操场。操场上有几个同班同学已经在那儿等着了，看来还有几个人记得他下午在上课前说过的话：放学后所有人都必须到操场来等他。

“喂！邬理，你带一把伞做什么？”有人远远地已经看到了邬理向他们走来，便喊着问道。

“现在没有下雨啊！哦，这个胆小鬼不会是要用来挡太阳的光线吧！”有人故意刺激着邬理，在大家的印象里，邬理对这种话都是笑一笑就过去了。

“哈哈哈！”在场的很多同学都禁不住爆发出了笑声。❷

然而此时的邬理紧闭双唇，一言不发。他没有理会众人，默默地提着雨伞向竖在操场边上的一根铁棍走去。这根铁棍是体育课上同学们练习爬杆用的，旁边有一部高高的梯子供学生们到达铁杆顶端。

“邬理要开始表演了！”

“胆小鬼的表演，能有什么好看的。”

“万一呢，胆小鬼带来的震惊表演可能待会就上演了，我们拭目以待吧！”

操场上的人群越聚越多，大家都站在那里窃窃私语。这时候正是放学的时间，经过的其他班级的同学看到这里围着一群人，也好奇地凑过来看看究竟发生

❶体育馆里闹哄哄的，大家都在准备着最后一次排演，每个人都在紧张地工作，没有人注意到邬理。此处交代了邬理出事前的状况。

❷众人的每一句嘲讽，对现在的邬理而言都是极大的刺激。大家过分的话语似乎预示着邬理心中那件惊天动地的事的到来。

了什么。

邬理继续拿着伞，一步一步地爬上梯子。他的脑袋现在已经停止了思考，一连串的动作仿佛像是被人施了魔法之后做出来的。他眼睛看着上面，一口气爬到了梯子的最顶端。站在上面，他俯视着下面黑压压的人群。

这实在是太高了！邬理猛然向下看去感觉到有点头晕，他现在连操场上看热闹的那些同学的脸都认不清了。邬理的理智告诉自己：这是十分危险的，跳下去可能命都没了！然而，现在一切都来不及了。在这么高的地方，人的思考能力通常都会进入停滞的状态，此时的邬理没有办法做其他选择，只能按照之前的设想进行着。

梯子的顶端有一块可以站立的平板，虽然面积很小，但容纳邬理还是绰绰有余。邬理站在上面，挥了挥手中的雨伞，然后冲着下面大声喊道：“大家看到了吗？我现

在要将这把雨伞当作降落伞，从这里跳下去！”

“哇！”人群中发出了一声惊呼，大家抬头往上看去，只见矮小的邬理已经将伞撑了起来。

“你们往后退，免得在我降落到地面后撞到某些人。”大家听到邬理说的话，再看看他现在的模样，都不由自主地向后退去。邬理对这些人的反应非常满意，这正是他期望看到的效果。

在场的有些人认为他是受什么刺激发疯了才会这么做，但更多的人心里都替他紧张，不断地祈求上帝，让这个头脑出错的矮个子千万不要出什么事。

在体育馆里的姚尼、马提斯和戴马亭终于结束了讨论，他们走到外面伸了伸懒腰便向宿舍走去。在往宿舍走的路上，他们远远地瞧见操场上聚集了一大堆人。想到下午邬理说的那些话，马提斯的心中突然升起了一阵不祥的预感，而且这种感觉越来越强烈，在内心不停地翻滚着。

“糟了，那很有可能是邬理！”马提斯话一出口，姚尼和戴马亭也想起了邬理说过的那些在他们看来莫名其妙的话，心都快提到嗓子眼了。他们不知道邬理会做出什么傻事。

“快，到操场去！”戴马亭大叫一声，三位少年立马拔足狂奔。

“糟了！真的是邬理。”马提斯在跑的过程中，远远望见了梯子顶端邬理的伞，气喘吁吁地说，“我认得他那把伞！”

“我们快去阻止他！一定要阻止他！”戴马亭一边跑，一边低声而镇静地向其他两个人说。

操场上的积雪有些已经结成了冰，又冷又滑，姚尼一不小心一个踉跄，滑倒在了雪地上。戴马亭和马提斯也没有时间顾及他了，很明显此时邬理那边的情况要更紧急一些，他们俩仍然往前跑去。姚尼忍着痛，费了九牛二虎之力才从地上爬了起来，他现在跑是跑不动了，只能朝着爬杆的方向看过去。

“完了，邬理要跳下来了！”姚尼的心中一阵砰砰乱跳。

“不要！”

“邬理！不要跳！”

姚尼的耳边传来了戴马亭和马提斯呼喊的声音，但现在为时已晚，一切已经来不及了。

邬理高高地将手中的伞举起，然后闭上眼睛，纵身一跃。他的脚才刚刚离开梯子，伞就立刻像开花似的散了开来，根本没有起到一丁点辅助降落的作用……邬理的身体急速下坠，只听嘭的一声，落在了又冷又硬的雪地上。见邬理掉下来之后在雪地上一动不动，聚集着的人群赶忙一哄而散。也是，当真正出了事的时候，谁也不想给自己惹麻烦，况且现在面临着的还是人命关天的大事。

邬理的脸色十分苍白，他可怜地躺在地上，始终保持着刚刚着地时的姿势，让人乍地一看就好像他已经昏死过去了。不一会儿，戴马亭和马提斯赶到了邬理面前。过了一阵姚尼也走过来了，他们一齐跪在邬理的身旁不停地喊着他的名字。

“邬理！快醒醒！”

“别睡啊，邬理！”

“我们还等着你演话剧呢！”

“邬理！邬理！”

任凭他们怎么叫喊，邬理始终双眼紧闭，没有做出任何回应。看样子，现在的邬理已经完全失去了知觉。

姚尼看到他们无论如何呼喊都无济于事，便立即冲到宿舍去找护士；

戴马亭见状，则飞速地往栅栏方向跑去，他要将这件事向培克老师汇报。戴马亭一边跑着，一边还在心中不断祈祷，他希望现在培克老师和禁烟老师还在车厢里叙旧，否则的话找到他们就又得耗费一些时间了。在这种紧急时刻，每一秒都十分宝贵，而且禁烟老师还是一名技术高超的医生，他一定能够帮得上忙。

现在邬理的身旁只剩下马提斯在小心翼翼地陪伴着。这位平日里异常坚强的大块头，看到好朋友躺在地上不省人事，而自己又无能为力的时候，也忍不住泪流满面。冬日里的冷风吹到马提斯的脸上，让眼泪都变得那样冰凉。马提斯全然不顾发红的眼睛，不断地抚摸着邬理愈加冰冷的身体。他非常担心邬理真的有什么意外发生。

“小矮子！大家平时总是拿‘胆小鬼’这个词来嘲笑你，你不理会他们不就可以了嘛！干吗非要来冒这个险？你可真是个傻瓜啊！”马提斯一边说，一边掉着眼泪。大滴大滴的泪珠落在了冰面上，和地上的雪融为一体，还有些甚至刚落到地面就凝结成一颗颗晶莹的冰珠。可惜邬理对此一点也没有知觉，要是他醒着的话一定会被这样的情景所震惊的！他还没有见马提斯流过眼泪呢，更不会想到这位平时经常说着“男儿流血不流泪”“男儿有泪不轻弹”的男子汉，竟然为了他，哭得跟个泪人儿似的。❶

❶马提斯，这位高大、坚强的男子汉，在面对邬理发生意外时也哭成了泪人，可见两人之间感情很深。

宿舍楼里，舍监培克老师的房间旁有一间专用病房，那是专门为生病的住校生准备的。设在培克老师房间隔壁的目的也是为了方便老师对他们的照顾。

现在，姚尼已经找到护士，他们一起跑到了操场上。几位护士对邬理做了简单的检查之后，便一起把他用担架抬到了病房里，然后轻轻地放在病床上。

没多久，戴马亭带着培克老师和禁烟老师匆匆地赶来了。在看了看邬理的状态之后，禁烟老师让众人纷纷退出病房，只留下培克老师在一旁协助自己为邬理诊断。

❷这里描写了邬理出事后同学们的反应。戴马亭、姚尼等及时请来老师和护士救助邬理，塞巴修知道后，也从自习室奔到病房，可见同学们之间感情深厚。

三个少年时而默默地坐在病房外面的座椅上，时而不停地在走廊里来回踱步，看起来每个人都想要说些什么，却都沉默不语，“担忧”这两个字明显地写在了他们的脸上。

“放心吧！”戴马亭的内心实在是忍受不住这种压抑的气氛了，他最先开口说道，“有上帝的保佑，邬理一定会没事的！”马提斯听到后狠狠地点了点头。此时的马提斯虽然已经停止了哭泣，但满脸泪花的表情看上去实在是十分沮丧，让人不由得心生怜悯。

突然，塞巴修的身影也出现在了病房门外。他从话剧排演结束后便去了自习室，兴致勃勃地捧起一本遗传学方面的书开始阅读。不得不说，沉浸在书海中的快乐只有塞巴修自己能够体会得到。就在他看得正起劲时，自习室里一阵骚动，他在别人的议论中听到了“邬理”这两个字，上前询问后才知道了发生的一切。出于对邬理的担忧，塞巴修立即狂奔出自习室，跑到了病房。

“现在情况怎么样？”塞巴修一边喘着气，一边向门口的三个朋友询问道。

大家没有直面回答，只是摇了摇头。

“从爬杆梯子的顶端跳下来，我的天，那可是有几层楼的高度啊！”塞巴修看到大家的反应，攥紧了拳头，转过身去一个人对着墙壁喃喃自语，“这也太不理智了！太不理智了！”❷

此时的窗外，夜色渐渐降临，月亮已经在天空中悄悄地露出了身影，晚霞散布在大地之上，为冬日的傍晚增添了一份宁静与安详。隔着窗户看校园，皑皑白雪铸造出来的那个白茫茫的世界是那样平静，似乎让人一不留神就沉浸其中，惊叹于大自然的美丽而无法自拔。然而，窗户里面的少年们却没有心思感受这样的环境，悲伤的心情像是驱不散的噩梦笼罩在每个人的心头，无论如何都挥之不去。

等待的时间总是那样的漫长，一分一秒在少年们心中都像是几个世纪那样漫长。在大家茫然地盯着天花板发呆的时候，病房的门被轻轻推开了。培克老师的脸上露着疲倦的笑容，显然，这段时间对他而言也是十分煎熬的。

看到培克老师出现，大家都瞬间回过神来，纷纷围了上去。每个人的表情都显示着内心的紧张与期待。

“还好没什么大碍。”培克老师对大家说道。听到这个答复，四个忧虑的少年总算是松了一口气。

“那邬理受了什么伤呢？”马提斯用袖子擦了擦脸上的泪水，关心地问。

“腿部骨折了，胸部也受了点伤。从这些伤口来看应该是脚先落的地，问题不是很严重。幸好没有脑震荡啊！你们要知道，从这么高的地方摔下来，这样已经是不幸中的万幸了！”培克老师用安慰的语气向大家解释。

“那他多久可以康复呢？”戴马亭向老师继续发问。四个少年都涉世未深，脑海中对于骨折和脑震荡这些名词并没有什么概念，他们只能通过邬理好起来的时间来判断他的病情。

“他这种情况，如果恢复得快一点的话，大概需要一个月吧。邬理的腿上必须裹上石膏来防止骨折部分的进一步损伤，而且他还必须一直躺在床上，不能随意下床走动。我待会给邬理的父母打个电话，一来向他们汇报清楚孩子发生的意外和病情，二来也要通知他们邬理不能回家过圣诞节了。”培克老师说。

“那……那我留下来陪他！邬理这种伤势，一定时时刻刻都需要人来照顾，回家这种事并不重要，大不了下个假期再回去嘛！”马提斯听到培克老师的话后，若有所思了一下，然后便好像是下定了决心，慎重地说道。

“别傻了！你可是一直嚷嚷着要回家过节的！”戴马亭拍拍他的肩膀说，“而且，圣诞节期间，学校的食堂可是没有多少饭的，有你在，大家可吃什么啊！”听到戴马亭的玩笑，大家哈哈大笑了起来，气氛也没有刚才那样凝重了。

“没关系，有我在呢！我一定会好好地把邬理照顾好的！”船长今年圣诞节在海外回不来，所以姚尼也不打算回家了，准备留在学校过节。

“好啦！大家先安静一下，这个问题我们之后再来讨论。”培克老师好像是想起了什么，脸色凝重地打断了少年们的交流，“你们谁来告诉我，邬理为什么会做出这种傻事呢？一般人可是不会做出这么愚蠢的事来的。”

培克老师的疑问引起了大家的思考。

“因为班里的同学们一直觉得邬理胆子小，并且很多人都拿这件事来嘲笑他。”

“有人还骂他胆小鬼呢！尤其是那些比较调皮的同学，没事的时候总喜欢欺负邬理。”

“我觉得最重要的是，邬理自己也对他胆小这件事很生气，他尝试过很多次变得勇敢起来，但最后都失败了。”

“应该是从上次和职校生打过架之后吧，邬理便一直想要做出一件轰动全校的事情，他希望以此来证明自己并不胆小，用实际行动堵住大家的口。”

在场的四个少年分别发表了自己的看法，总而言之，大家的回答都离不开邬理胆子小这件事。除此之外，他们还把今天早上教室里发生的事，以及邬理中午在教室的反常举动，原原本本地报告给了培克老师。

“唉，这件事都怪我，是我和他说要做一件大事才能改变别人对他的原有印象。”在讲述今天事情的时候，马提斯在旁边没有说话，等到大家讲完后，他叹了口气开始自责起来，眼眶又变红了。“我真是个蠢货，早应该想到这种情况的，都怪我，都怪我！”

培克老师拍了拍马提斯的肩膀，安慰他道：“你没必要自责，这件事的发生并不是一场意外，是邬理在学校长期受同学欺负而导致的，我们谁都有责任。”紧接着培克老师看向众人说：“这件事比我想象的要复杂很多！

我原本以为邬理只是为了寻求刺激或者好奇才做出这样的举动，要真如我想的那样我一定会好好处罚他的。但听了你们刚刚说的，我要另当别论了。邬理想要克服自己的心理障碍这件事本身并没有什么问题，但要采取恰当的手段，从那么高的地方跳下来实在是太莽撞了。我之后想一想这件事应该怎么解决吧！”

说了这么一大串话，培克老师脸上紧张的线条终于慢慢地舒展开来，他和蔼地对眼前的四个少年继续说：“这件事你们都不要过度责怪自己。这点小伤在邬理心里应该算不了什么的，毕竟，经过这件事大家没人再敢叫他胆小鬼了吧！骨折和一辈子被别人叫作胆小鬼，你们会选择哪一样？”

在安抚好大家的情绪之后，培克老师走向办公室，准备打电话通知邬理的父母。

这时候禁烟老师已经脱掉了白大褂，从病房里走了出来。他对大家说：“邬理需要静养一会，你们暂时就不要打扰他了。”

“那我们可不可以现在只进去看看他？我们不会发出任何声音的。”马提斯对于邬理的安全还是十分担忧，他想亲眼看到自己的小伙伴现在已经脱离了危险。于是马提斯用恳求的口气向禁烟老师问道。

“我理解你们的心情，但还是明天吧。明天来看邬理同学就没有什么问题了！今天还是让他好好休息一下比较好。”禁烟老师安慰大家道。

听到禁烟老师的话，也为了邬理能够更好地恢复过来，大家只好暂时按捺住心中的不安，各自回到了寝室。

在大家散去后，马提斯在病房门外徘徊了好长一段时间。他回想着刚才培克老师说过的一些话，觉得虽然老师分析得很有道理，经过今天这件事确实没有人敢再嘲笑邬理了，邬理也不用再担心别人的恶作剧，但一想到很想家的邬理只能在学校度过圣诞节，而且还不能离开病床，马提斯的

内心就非常难过。他就这样一边徘徊一边思考，好不容易把自己的状态调整好，才黯然离去。❶

> ❶大家都散去后，马提斯一个人在病房外徘徊思考。马提斯虽然人高马大、大大咧咧，但是感情比较细腻。

此时此刻，每间寝室里最为热门的话题，就是讨论邬理从爬杆上跳下来这件事了。没有亲眼看到事件整个经过的同学们在听到这件事之后都表示出了十足的震惊，大家对此也众说纷纭。

“真是没有想到啊！邬理这种胆小鬼被逼急了也会做出这么大胆的事来，真是印证了那句老话：兔子急了也会咬人的！”在一间寝室里，有人发出了这样刻薄的评论。❷

> ❷在邬理受伤的情况下，还有同学发出这样的评论，从侧面反映了塞巴修等好朋友的重要。

“我倒是觉得邬理并不是真的胆子小。毕竟，胆子小的人就算有人去逼他，也不可能做出这种事来的。在那么高的地方，真正的胆小鬼应该看一眼就双腿发软了吧，怎么会有勇气往下跳呢？”也有人对那些意见表示反对。

“对呀！真正的胆小鬼怎么有勇气做出这种事来呢？”听到大家议论纷纷，塞巴修也参与了进来，他最善于做的事就是分析事理了，此时寝室中有了观点相反的两拨人，塞巴修禁不住想要谈谈自己的看法。

“我觉得像邬理这种人才是真正的勇士。在受到别人的欺负后，他没有退缩，也没有卑躬屈膝，而是一直想着如何洗清耻辱。我想他现在已经做到了！试问在座的各位，你们当中有谁能够像邬理这样，下定决心做出同样的事来改变别人对自己的看法呢？

“世界上没有完全相同的两片树叶，人也是这样的，每个人都有着各自的特点与性格。有的人比较害羞，在表达自己的情感方面没有那么突出；有的人则正好相反，在平常和他人的交往过程中落落大方，能说会道。但我们需要承认的是，这些都是人与生俱来的特质，并没有什么优劣好坏。况且，有句话叫作‘心有猛虎，细嗅蔷薇’，你们能断言一个内向的人就不勇敢吗？外向的人就不会胆小吗？根据性格来刻薄地评价一个人，是十分片面的，而且相当不公平。你们想想是不是这个道理！”

塞巴修对着讨论邬理行为的同学们大声地说出自己内心真正想说的话。

❶在听到其他同学对邬理刻薄的批评时，内向的塞巴修也不再保持沉默，站出来为朋友辩解。

“那些说邬理胆小的人，其实你们一点都不懂他。邬理这个人的内心十分善良，也十分纯洁，他不会把别人对他的不公正待遇放在心上，所以每当被欺负之后他也没有什么抱怨，只当同学们在和他玩耍。邬理经常会感到害羞，但不知道为什么，总有些人因为他不善于表达自己就看轻他，觉得他好欺负，这可真是太可笑了。你们想想那些欺负他的人，谁敢从爬竿上跳下来呢？和邬理相比，谁才是真正的胆小鬼？”

塞巴修的一番话，说得那些平日里喜欢嘲笑邬理的同学们面红耳赤，他们现在都感到十分愧疚，恨不得找个地缝钻进去。确实，塞巴修的这些话句句在理，无懈可击，并没有给别人以反驳的机会。

戴马亭听到这些话也感到十分欣慰，他早就想驳斥那些发表刻薄意见的人了，但又不知道如何组织语言。现在，塞巴修大声驳斥了发表刻薄意见的人，戴马亭的内心也感到十分解气。

其实，塞巴修在平日里是很少说话的，他最喜欢做的事情是读书。在图书馆和自习室里，经常可以看到塞巴修在津津有味地阅读各种书籍，甚至在宿舍中的书架上，都摆放着他借来的逻辑学、遗传学等方面十分深奥的课外书。在刚认识塞巴修的时候，大家见到他喜欢看这种又厚又难懂的书籍，都十分惊讶。塞巴修不太喜欢和人打交道的性格导致他的朋友并不是很多，除了几位像戴马亭这样的小伙伴，他几乎都不怎么和其他人交谈，所以人缘并不太好。

今天他的这番话给予了很多人心理上的冲击，大家感觉眼前的塞巴修好像和以前不太一样了。对于他话中的那些道理，同学们其实似懂非懂，但大家真真实实地明白了一件事：为了朋友，塞巴修这个人是不会保持沉默的。❶

日积月累

不可开交　惊天动地　黑压压　绰绰有余　人命关天　不省人事　兴致勃勃

另当别论　黯然离去　众说纷纭　落落大方　面红耳赤　无懈可击

延伸思考

1. 邬理做出了一件什么样惊天动地的大事？
2. 你从本章对马提斯的描写中发现了什么？
3. 读完本章后，你对塞巴修有了什么新的认识？

第十五章　戴马亭之痛

名师导读

圣诞节前的这几天，书中的主人公们仿佛都在经历着种种挫折和不幸，邬理的事情还没有完全过去，戴马亭这边就收到了一个不好的消息。在看到父母寄来的信之后，戴马亭感到了前所未有的失望和痛苦，这位少年着实承担着他这个年龄不应该有的磨难。另一边，一直郁闷的马提斯实在按捺不住探望邬理的念头，他趁着护士离开的空档偷偷摸摸走到邬理病床边，在看到这位好友并没有什么大碍之后，马提斯感到了前所未有的轻松和快乐，也许这就是友情的魅力所在吧！

回到宿舍后，戴马亭欣喜地发现桌面上放着一封从家里寄来的信。

对于住校生而言，平日里能够收到爸爸妈妈的信是一件非常令人兴奋的事。每一位收到信的少年都会一字一句地将父母写的内容阅读好几遍，看着那熟悉的字体，他们就感觉好像爸妈正在耳边给自己讲话一样！而每逢佳节或者假期，父母给孩子们的信中总会附带上零用钱和回家的车费，收到这样的信对每一个求学在外的学生而言，都足够让他们激动得好几天睡不着觉了！

拿着信件的戴马亭，现在手心都开始冒汗了。他迫不及待地拆开信封，想要赶快看到父母对自己的嘱咐，并拿到几天后回家的车费，此刻他的心早已飞奔在回家的路上了。然而打开之后，戴马亭却傻眼了：信封里面除了一张薄薄的信纸外，什么也没有。

“这是怎么回事？爸爸妈妈说好要寄钱来的呀！钱呢？”戴马亭揉了揉自己的眼睛，再次向信封里看去，还是一分钱都没有。他开始不相信自己的眼睛，用手指伸进信封里掏了几下，甚至还把信封倒过来抖了抖，然而，里面确实是空的。一种不祥的预感在这位少年的心中升起。①

① 本应该装着回家车费的信封中，只有一封薄薄的信，究竟是什么原因呢？

戴马亭慌张地摊开信纸，妈妈那熟悉的笔迹映入了眼帘。他开始仔细地阅读，生怕漏过一个字。然而，越是读到后面，戴马亭的内心就越是难受。只见那信纸上写着——

亲爱的戴马亭：

这是一封令人难以启齿的信。每当我提起笔来想要写下这些话的时候，总是不知道该从哪里开始，我们怕你担心、怕你难过。但是现在，我和你爸爸却又不得不把真实的情况告诉给你了。我们都知道，你已经盼望了很久能够在圣诞节回家，我们也非常渴望一家人的团聚，但是命运总是无常的，也许是冥冥之中注定我们暂时无法相见吧，现在家里实在凑不出你回家的车费了。今年的圣诞节，你只好留在学校，和同学们一起度过了。你知道妈妈有多么不情愿吗？妈妈真的想飞奔到你的面前，抱一抱我的孩子呀！

有一件事我们一直没有敢告诉你，其实爸爸很早就失业了。原本以为他很快就能够找到新的工作来补贴家用，但现实就是这样残酷——经济不景气，很多公司都大量裁员，社会上甚至有人因此而妻离子散、无家可归。现在物价又一直波动，像面包牛奶这些生活必需品的价格都涨到了令人不敢相信的地步。咱们的整个家只能凭借妈妈替人做手工活赚来的一点钱来维持生活，以前攒的些许积蓄早就被花光了。

你现在已经是一个中学生了，应该懂得爸爸妈妈现在的难处，但你千万不要难过。爸爸为了能够让你回家，四处借钱，亲戚朋友家里都跑了个遍。但在这样的经济背景下，大家的日子都

很艰苦，每个人都是勒紧裤腰带过日子，况且家家都有本难念的经，我们实在是没有找到手头比较宽裕的人，这一点希望你能够理解。

从现在开始，我和爸爸一定会咬紧牙关努力存钱，等到下一次你放假的时候，我们一定可以凑出你回家的车费，让你高高兴兴地回来！但现在还希望你能够体谅我们、相信我们！

前几天我和爸爸给你寄了一个包裹，里面装着的是我们送给你的圣诞礼物，虽然价格不是很高吧，但依旧是我们的一片心意。包裹应该明天就可以到了，希望你能够喜欢。另外，今年家里也就不准备圣诞树了，一方面那东西很费钱的，另一方面你不在家，就算有了圣诞树也没什么意义了！

孩子啊，爸爸妈妈确实在很多地方对不住你，但还是希望你能够记住，虽然我们家里现在经济条件很差，但你绝不能轻易地掉眼泪，要学会坚强勇敢地面对生活！人穷志不短，我们不能被别人看轻！三十年河东，三十年河西，未来会是什么样子，取决于现在的你！妈妈相信你会很勇敢地应对各种挑战，为自己的未来拼搏努力的！乖孩子，我要你时时刻刻都记得，爸爸妈妈永远爱着你！

妈妈

就算戴马亭平时很坚强，此刻他的泪水也不受控制地落了下来。虽然妈妈在写给他的每一封信中都叮嘱“男儿有泪不轻弹”，但现在寝室里只有他一个人，别人看不到的情况下应该是可以哭的吧！他任由那些泪水像决堤的洪水一般，从眼睛里夺眶而出，似乎在宣泄着内心的痛苦与悲伤。虽然很是难过，但戴马亭的心里没有一点责怪爸爸妈妈的意思，他懂得大人们的难处，相信爸爸妈妈做出这样的决定也是迫不得已。

此时此刻，姚尼在自己的房间里回想着郐理做出的那些冒险举动，也在思考着学生们对这件事的不同评论。突然，他脑海中想到了一件重要的事，从床上噌地一下坐了起来，然后跳下床赶紧往戴马亭寝室的方向跑去。

“郐理现在受伤了，那么明天话剧中小女孩的角色由谁来演呢？”在路上，姚尼一边小跑一边嘀咕着，“现在好像还没有人想到这个问题啊！”

他推开门走进了戴马亭的寝室。

“戴马亭，明天话剧表演少了郐理扮演的那个小女孩，我们应该怎么办呢？”一走进去，姚尼就问了这个问题。

只见戴马亭的桌子上放着一叠信纸，他好像根本没有察觉到姚尼的到来，正坐椅子上发呆。

“喂！”姚尼对着沉思中的戴马亭吼了两声，“你到底听到我说的话了没有？明天郐理不能上台，我们应该怎么办？”

“哦……嗯……”戴马亭这才转过头，发现了姚尼的到来。但他的眼神依旧空洞，表情也十分呆滞，好像换了个人似的，而且显然并没有听进去姚尼刚刚说的那些话。❶

姚尼现在的内心非常生气：这么大的事情，怎么就没有人想到呢？而且现在的戴马亭也对此漠不关心，明天可就要上台表演了呀！姚尼摇了摇头，他对现在

❶面对姚尼的大声喊叫，戴马亭神情呆滞，可见他此刻内心的痛苦与悲伤。

❷郐理受伤后，谁扮演小女孩的角色成了大问题，姚尼和别的同学都很着急，可是戴马亭却目光呆滞，漠不关心，侧面反映出圣诞节不能回家对他打击很大。

的戴马亭不再抱什么希望了，决定先去找塞巴修和马提斯商量一下，争取能尽快找到解决的办法。

姚尼走到了隔壁的寝室，一进门就看到了正在吃面包的马提斯和认真读书的塞巴修。幸好现在两个人都在寝室啊！姚尼的内心松了口气，他担心如果两人都不在寝室的话，明天再讨论可就来不及了。

塞马修和马提斯知道了姚尼的来意后，也对这个问题进行了思索。

“幸好邬理所扮演的角色台词并不多。”塞巴修在想了想之后，倒没有很是担心，“只要在明天晚上上台之前把台词背熟应该就没什么问题了。我们提前找一位同学来代替邬理，给他讲一下具体的细节。”

“那我们应该找谁呢？这个角色的外貌可是很特殊的，必须身材矮小，看上去像一个小女孩。”马提斯也同意塞巴修的想法，但他对替补演员的选取十分担心，“总不能找个像我这样的大块头去扮演小女孩吧！”

他们三个人绞尽脑汁地思考班上同学中还有谁可以胜任这个角色，终于，他们回忆上课时大家的座位，挨个寻找个子较小、身材较瘦的同学，发现了一位名叫许特嘉的同学十分符合这个角色的形象。不过，许特嘉是走读生，现在他应该在家里，目前三个人都没有他的联系方式，看来只能等到明天才能和许特嘉商量一下这件事了。

“走！虽然我们想好了解决的办法，但还是去问问戴马亭的意见吧！”塞巴修说。作为班长的戴马亭在同学们心中一直是一位十分有主意的人，这么重大的事情，塞巴修觉得还是征求一下戴马亭的意见比较好。❷

戴马亭依旧坐在书桌前的椅子上发着呆，自从他读完父母的来信后，他还没有动过一下呢！面对着摊开的几张信纸，戴马亭着实不知道该如何下手，他的脑袋和这几张纸一样一片空白。戴马亭反反复复地想，但越是思考，心中浮现出的问号就越来越多。

“为什么？”戴马亭对着窗户外苍白的天空问道，他的内心实在是想不明白，自己究竟做错了什么，为什么上帝要这么不公平地对待自己。

“姚尼不能回家，是因为他的父母抛弃了他，纵使姚尼后来被人收养，寄人篱下的感觉也一定很不好吧；但我的爸爸妈妈并没有嫌弃我啊，他们深深地爱着我，我也很想念他们，为什么连圣诞节我都无法回家和他们团聚呢？

“再想想郇理，他不能回家是因为腿部骨折了，意外迫使这个孩子在学校度过今年的圣诞节；而我很健康呀，我四肢都非常灵活，也没有发生什么意外，为什么我不能回家？谁来告诉我，这究竟是为什么？”

戴马亭的脑袋中越想越混乱，一种感觉受到不公平待遇的愤懑之火在他的内心燃烧，不断冲荡着这位少年心中的理智。

“我明明是个好孩子呀，老师和同学们都这样评价我，而且我也一直努力让自己变得更加优秀。课堂上我刻苦学习，课下我认真完成学生工作中的每项任务。除此之外，我的父母也每时每刻都在努力地工作，从未偷懒，他们为了生存不停地想着各种办法，但好像……好像我们的生活条件并没有得到什么改善。一直以来，我只能凭借得到的一些奖学金来支付各种各样的费用，现在连回家都成了一种奢望，为什么任凭我怎么努力也摆脱不了这种困苦的生活啊！

“有的人一出生就好像嘴里含着金钥匙，他们有父母疼、有亲人爱，吃好的用好的，每天都过得舒舒服服，钱在他们的眼中好像就不是难事似的！而我呢，终日为生活发愁，每天都活在穷苦之中。这个世界为什么会如此不公？难道一切真的都是命中注定吗？真的没有办法可以改变现状吗？”

这位原本内心单纯、善良的少年，仿佛一瞬间体会到了社会的复杂与残酷。现实生活在推动着他不断成长，让他懂得什么才是真正的人生。但不知道这位少年能否承受得住这些本不应该他这个年纪承受的苦难。戴马亭暗下决心，等自己长大以后，一定要达到能够改变世界的高度，要让自己的家人，甚至是全世界的穷人们，都过上幸福的生活。不过目前，谁也无法改变他不能回家的残酷事实。❶

“要想出人头地，必先历经磨难……”在书中看到的这几句话霎时浮现在了戴马亭的脑海当中，他的内心没有刚刚那样痛苦了。

“我可不可以走路回家呢？”这位少年依旧没有放弃回家的想法。他此时开始思考各种可能的回家方式，当然了，步行回去肯定是一件异想天开的事罢了。戴马亭的家距离学校很远，即使他沿着铁轨走，不吃不喝不睡觉也要消耗整整三天的时间，况且现在正值冬季，到处是冰天雪地，夜里更是寒风刺骨，这样的天气里，连身披长毛的动物们都冬眠了，这么一个小孩子，就算不发生什么意外，还没等走回家就可能已经冻成冰棍了。

就在戴马亭这样胡思乱想的时候，姚尼又一次走到了他的面前，向他说了一遍刚刚三人讨论的结果。姚尼身后的马提斯和塞巴修也看出了戴马亭有些不对劲。

“喂！你怎么了？刚刚我们的想法到底可不可

❶理想与现实之间的差距是十分巨大的，刚上中学的戴马亭便亲身体验了这种感觉。本不应该他承受的磨难让这位少年体会到了社会的复杂和残酷，这种感觉也推动着他不断成长。

行？”姚尼望着还在发呆的戴马亭，气不打一处来，他抓住戴马亭的肩膀用力摇晃着；马提斯也在一旁默默地握紧了拳头，只要戴马亭还不回神，他一定一拳把这个人打清醒；塞马修呢，也推了推他的眼镜，用一副研究的神情瞪着戴马亭，仿佛想要看穿他心底的奥秘。

好一阵子之后，戴马亭才从恍惚的情绪中恢复过来。

“原来是邬理的角色替换这个事啊，问题不大，问题不大……嗯……你们想好解决办法了对吗？哦，是许特嘉啊，没问题，没问题！”戴马亭的语气非常茫然，好像这些话都没有怎么经过大脑的思考便说出来了。

“这和平日里的戴马亭完全不是一个人啊！”三个人的心里都浮现出了这样的想法，现在戴马亭的表现确实很不在状态。

“你是不是哪里不舒服？还在为邬理的事情自责和难过吗？”心思缜密敏感的姚尼猜测着戴马亭内心的想法，他以为戴马亭过度担心邬理此时的状态，才会有这样的反应。然而，像家里发生的这种事情，除了当事人正面说明，又有谁能够想得到呢？戴马亭决定暂时不把自己回不了家的情况和朋友诉说，他担心大家会因为他的事影响到话剧的演出，同时也不愿意让周围的人跟着他承担不该有的痛苦。不得不说，经过中学一段时间的淬炼，戴马亭的心性已经成熟了很多。❶

“这件事情就先这么定了，剩下的事还是等第二天见到许特嘉再说吧。”姚尼看到戴马亭并没有回答自己的意思，只好怏怏地说道。发现戴马亭对话剧的事情还是不怎么上心之后，三个少年只好向他道别，回到了各自的寝室。

回寝室的途中，马提斯找了个借口偷偷溜到邬理的病房外面，他实在忍耐不住心中想要看看邬理的冲动。当他踮起脚尖，尝试着透过门上的玻璃瞧一下病房里的情况时，护士刚好从里面走了出来。身手敏捷的马提斯赶紧闪身躲在另一间房屋的门后。在听到护士将门轻轻掩上、脚步声也越来越远之后，马提斯才蹑手蹑脚地推开病房的门走了进去。

刚进去，一阵浓烈的药水味就扑面而来，马提斯忍不住打了个喷嚏。但他立马想到了禁烟老师说过的话，赶忙不好意思地捂了捂嘴，现在他只希望自己发出的动静没有打扰到邬理的正常休息。

走到病床前，看着邬理静静地、脸色苍白地躺在床上，马提斯的内心很是难过。此时，邬理摔断的那条腿已经裹上了厚厚的石膏，并且用绳子高高地悬挂在空中，看起来十分逗趣。这种样子要是放在平时，马提斯早就开始嘲笑邬理了，但现在，他怎么也笑不出来。马提斯在很久之前也受过同样的伤，他明白这种滋味有多么难受。

在邬理床前站了一会儿之后，马提斯一直吊着的那颗心终于稍稍放了下来。正当他想离开的时候，邬理却突然睁开了眼睛。

“嗨！”邬理用微弱的声音向马提斯打了声招呼，然后抿了抿干瘪的嘴唇。

突然的问候让马提斯顿时慌了神，纵使平日里两个人相处得很熟，马提斯现在也不知道应该如何回应一下眼前的这位小伙伴。他动了动嘴巴，发现喉咙里就好像有一块硬硬的东西哽在那儿，怎么使劲也发不出声音来。❷

❶圣诞节不能回家，对戴马亭打击很大，但是他没有把这个情况跟好朋友分享，而是选择自己承担痛苦。他逐渐变得成熟。

❷两位平日里很熟的少年在这种情况下都张口无言，想必他们的内心一定五味杂陈吧。

邬理迅速观察到了马提斯的窘境，和他相处了这么长时间，病床上的这位少年当然知道眼前的大块头心里在想什么。他的脸上勉强挤出了一丝笑容。

“其实一点都不痛，真的！”邬理看着马提斯，用十分认真的语气说道。

马提斯心里当然清楚邬理只是在安慰自己，从那么高的地方跳下来，腿都摔骨折了，怎么可能不痛呢！

“不过可惜的是，这个圣诞节我不能回家了！”邬理见马提斯还是没有说话，便开始寻找轻松一点的话题，“其实也还好，病床可比宿舍里的床铺舒服多了，你要不要上来体验一下！而且，我的爸爸妈妈过几天还会专程来看我，事情也并不是很糟嘛！”邬理故作开心地说。

“其实，我很想留下来在学校陪你的！真的！但培克老师不准……”

“我没事！根本没有这个必要！”邬理听到马提斯的话，内心很是感动，但他明白马提斯对回家的渴望，“我可是很早就听到你想要回家的话了，你不用担心，等你回来的时候，我就能活蹦乱跳了。谢谢你，马提斯。”

马提斯慢慢地坐在了邬理的床沿上，对着他说：“你知道现在大家都怎么评价你吗？”

“怎么评价？”邬理好奇地瞪大了眼睛。他也确实很想知道经过这件事之后同学们对他的看法。

“大家都非常惊讶！无论是在操场上亲眼见证过你勇敢表现的那些人，还是从别人嘴里道听途说来的，都十分佩服你的胆量。他们说其实你的胆子是所有人当中最大的，只是平时不表现出来罢了。”

“真的？没想到这个举动居然这么有效！看来我这次的选择很值啊！”邬理听到后心里非常开心，就连说话都有力气了。

“昨天我不是故意想要嘲笑你的，你千万别放在心上。而且，下次无论如何都不要再做这种傻事了，好吗？”

“嗯！”邬理用力地点了点头，虽然他的身体还是十分虚弱，但心情看上去要好多了。

邬理紧紧握着马提斯的手，他对这样的结果非常满意。能够用骨折的代价来换取同学们的刮目相看，在邬理心中已经非常开心了。不过幸好只是腿断了，如果不小心造成更大的身体损伤，那可就得不偿失了。

现在，两个人的心情都非常放松，仿佛回到了邬理受伤前的那段时光。

看到邬理脸上露出了花儿般的笑容，马提斯内心的石头也终于踏踏实实地落了下来。他一直担心邬理还没有从那个被人欺负的世界中走出来，现在看来自己的担心完全是多余的。另外，马提斯也第一次感受到，原来人的笑容真的可以像冬日里的阳光那样，让人舒适，给人温暖。

紧接着，他们谈论起了《会飞的教室》这部话剧换角色的事情。

“戴马亭为了你，担心得不得了，好像脑袋都短路了似的，根本没有想到话剧演出这件事情，还好姚尼注意到了，并及时和我们进行了讨论。哦对了，塞巴修那个家伙关键时刻还是挺靠谱的，他刚刚还当众骂了那些之前喜欢欺负你的人，真是让人解气！”

邬理现在的内心别提有多感动了，他打心眼里为能有这么一帮朋友感到幸运，有他们真好！

“你肚子是不是饿了？”不得不说，邬理对马提斯的了解真是太透彻了，“这里有好多好多巧克力，都是校长亲自送来的，你快拿着吃一点吧！”

从邬理的事情发生后，马提斯整个人都处在焦虑之中，连肚子饿都被他抛在九霄云外了。听到食物之后，马提斯的肚子不争气地咕噜咕噜叫了两声。

“可是，培克老师经常教导我们，不能吃病人的东西。”虽然内心很想拿一块来安慰一下自己的肚子，但马提斯还是客气地拒绝了，其实他最担心的是护士会随时回来，如果被别人发现，那他可就真的吃不了兜着走喽。

“没关系的，反正没人看到。”邬理不停地催促着马提斯，而且还假装很严肃地下了命令，“我命令你，必须吃一些，否则我可要生气了。”

无奈，马提斯只好硬着头皮，拿起一小块巧克力放进嘴里。“嗯，真好吃！”还没等马提斯说完，护士推门进来了。

“说好让他好好休息呢……啊，你居然吃病人的巧克力，真是个贪吃鬼！”护士好像是发现了什么不得了的事情，大惊小怪地叫着，脸上还露出了浮夸的表情。

此时的马提斯十分尴尬，他没想到自己的担心居然这么快就发生了，并且眼见为实，现在他吃巧克力的情景被护士看在眼里，自己肯定跳进黄河都洗不清了。马提斯只好趴在邬理耳朵边小声地说：“以后我再来看你！”然后便一溜烟地跑走了。

在回寝室的路上，马提斯非常开心，他一路上嘴巴里都在哼着小曲，走路的神态都看起来非常得意。虽然这次他冒险违反了禁烟老师的规定，还被护士冤枉偷吃病人的零食，但他一点都不介意。此时的马提斯感到了前所未有的轻松，连走路的步伐都不再像之前那么沉重了。亲眼看到邬理的状态并确认过他的伤情后，马提斯悬着的心终于放下了。❶

❶在亲眼看到邬理的状态之后，马提斯的心情变得愉悦轻松了起来，他这份关心好友的心着实让人敬佩。

日积月累

冥冥之中　人穷志不短　迫不得已　空洞　漠不关心　绞尽脑汁　愤懑　干瘪　道听途说　九霄云外　大惊小怪

延伸思考

1. 戴马亭身上发生了什么事？请简述他在看到父母来信之后的反应和原因。
2. 是谁想到了邬理受伤不能上台表演的情况？他们想出来的解决办法是什么？
3. 为什么马提斯的心情一直非常沉重？在看过邬理之后，他前所未有的轻松从何而来？

第十六章　餐馆小晤谈

名师导读

禁烟老师和培克老师之间的感情并没有因为时间的推移而消逝，重逢之后，他们和以前一样互诉衷肠。在这一天晚上，培克老师走进了禁烟老师弹琴的那间小餐馆，这次的会面中，他们之间会谈到哪些和之前不一样的话题呢？

这天晚上，除了马提斯，还有一个人的心情也是异常轻松、非常愉快。

培克老师在督查学生们吃完晚餐后，便回到了宿舍。在这之后，他还悄悄地安排好了今晚宿舍楼值日的同学，因为需要对各个年龄段的住校生进行管理，所以这类工作通常是由具有较高威严的高年级学生来承担的。在把学校的一切都安排妥当后，培克老师一个人静静地走出校门，踩着积雪向一家小餐馆走去。

还没等踏进这家小餐馆，一阵悦耳动听的钢琴声便从里面传了出来。如果有吉奇斯蒙中学的学生在这里的话，他们一定会认出这就是禁烟老师每天弹琴吃饭的地方。培克老师在听到这阵琴声后，嘴角不自觉地露出了微笑——这个旋律他真的太熟悉了！走进餐馆，培克老师找了一个僻静的角落坐了下来，向服务员点了一杯葡萄酒，开始慢慢啜饮。

这家餐馆的装修并不豪华，没有高档餐厅的富丽堂皇之感，但客人很多，而且大部分是上了年纪的男人。他们可能是喜欢这里的食物，也可能是在这样的环境中感觉更加舒适吧。然而，对于培克老师而言，这家小餐馆最吸引他的，并不是美妙的钢琴声和香醇的美酒，而是在这里，有一份浓郁的友情在等待着他。能够和老朋友一起在圣诞节的前一天共进晚餐，这对双方来说都应该是最特别、最贵重的圣诞礼物了吧！

禁烟老师坐在钢琴前，手指不断地在琴键上游走，弹奏着一首首令人怀念的歌曲。他看见培克老师进来后，微微颔首向其致意。培克老师也面带笑容地向舞台上的禁烟老师点了点头，两人长久形成的那种默契在这一举一动之间便流露了出来。

过了大概半个小时，禁烟老师停止了弹奏，向培克老师坐着的桌子走了过去。

“休息了？”培克老师一边示意禁烟老师落座，一边关心地问。

“嗯。”禁烟老师点了点头，愉快的笑容将他内心的轻松淋漓尽致地展现了出来。

过了一会儿，餐厅的服务员送上了一盘铁扒牛肉和一小杯红酒。

“真是一顿热腾腾的晚餐啊，看起来确实挺不错呢！”培克老师看到端上来的食物，不禁称赞道。

“那当然，这可是用我优美的琴声换来的呢，绝对货真价实！”禁烟老师哈哈一笑，便开始拿起刀叉准备享用这份美味。看着他津津有味吃东西的模样，培克老师内心也填满了快乐和幸福。不一会儿，盘子里就空空如也了。禁烟老师心满意足地擦了擦嘴，然后将酒杯端起举在空中：“来，培克，庆祝我们的重逢！”

培克老师也拿起酒杯，但他的表情似乎并没有那样兴奋：“罗勃……”培克老师想要说些什么，但又觉得仿佛并不适合在这个场合说出口，那种欲言又止的表情被禁烟老师尽收眼底。

“没事，你想说什么就尽管说吧！”禁烟老师的目光一直注视着培克老师。

培克老师环顾了一下四周，此时餐厅中的顾客相比刚才又增加了不少，每个人都在兴致勃勃地聊着天，周围的气氛显得更加喧闹、嘈杂。“我的话并没有恶意，我也不是故意想刺激你，但是，这确实不是你该过的生活。”

“我明白你的意思。”禁烟老师将举在空中的酒杯慢慢放下，他并没有一丁点儿生气，只是摇了摇头说道，“你觉得我现在过得不快乐是吗？你错了，我非常喜欢我现在的生活。”

看到培克老师疑惑的表情，禁烟老师泯然一笑：“你别看我住在车厢里，表面上过着离群索居的日子，其实我每天都过得非常幸福哩！尤其是在春天的时候，小花圃里的花朵纷纷绽放，像是孩子们的一张张笑脸，光是路过瞅一眼就让人心情舒畅；除此之外，还有蝴蝶、鸟儿在花丛中翩翩起舞，和我做伴，它们就像是上帝给我的恩赐，甭提有多快乐了！”

“可是罗勃……”培克老师知道禁烟老师虽然过得并不差，但这些话终究还是用来安慰自己的，他正想插嘴，却被禁烟老师摆了摆手阻止了下来。

“老实说，和你不辞而别之后的这几年，是我读书、思考最多的一段时光。以前我总是忙着工作、忙着行医、忙着救人，根本没有时间停下来，想一想人生的意义究竟是什么，我每天做各种各样事的目的又是什么。你的那件事情发生后，我思考了很久才幡然醒悟，那个时候，我也真正体会到了生命的可贵。”禁烟老师的神情十分严肃，从语气中也可以听出他确实对人生有了新的感悟。培克老师始终在一旁认真地听着，他回想起了过去的种种，内心也禁不住为之动容。

“不瞒你说，这几年很多人都觉得我是个怪人，甚至那帮孩子以前也都这样觉得，但我一点儿都不在乎，我每天能够快乐地生活，这对我来说就足够了。虽然平日里我身边没有人陪，出门也没人和我做个伴，这种情况确实让人感到孤独，但我在其中能够享受到一种完全

自我的世界，这种感觉你一定没有体会过。”禁烟老师说着说着，便仿佛沉浸在了自己的天地间，脸上洋溢着幸福的笑容。“在这喧闹的餐馆里弹琴，完全只是为了填饱肚子，用自己的一点手艺换口饭吃并不是我生活的目的。”禁烟老师补充道。

培克老师点点头。在他的心中，禁烟老师一直都是一个不屑于在烦琐小事中纠结的人，他也完全能够理解好友的想法。

“好，既然这样，我还有一件正事想和你商量一下。”培克老师清了清喉咙，把双手的五指插在一起放在桌子上，看着禁烟老师一本正经地说，“我们学校校医的年纪大了，今年他就准备退休回家养老，在他离开后这个职位暂时就空缺了下来。现在学校正在招聘校医的替补人员，我想把你推荐上去，到吉奇斯蒙中学担任校医，你觉得怎么样呢？”

担心禁烟老师会拒绝自己的建议，培克老师继续说：“担任校医一点都不影响你现在的生活习惯，你还是可以继续住在车厢里，一边行医，一边享受那种悠闲自在的生活，你觉得怎么样？”

“随你意吧！”禁烟老师的回应比培克老师想象中要痛快很多，他双手一摊，“如果你觉得这样比较好的话，我就听从你的建议。从事什么职业对我来说并没有什么区别，换个环境工作或者改变工作时间，都是一样的，并不会影响我的快乐，毕竟这些只是糊口的手段罢了。”

“另外，你可别以为我失去了对生活的欲望，我只是找到了真正应该去追求的方向。什么金钱、名誉、地位之类的东西，确实可能会给大部分人带来生活中的满足，但这些虚假的东西怎么才是个够呢？很多人终其一生，都在汲汲营营地追求那些身外之物，他们过完一辈子回过头来看自己人生轨迹的时候，就会发现，虽然金钱存了一笔又一笔、名誉地位也得到了很大的提升，但在这个过程中的每一分、每一秒都没有快乐的影子，也

就是说，他们根本没有真正明白生活的意义。生活本身才是伟大的，只有看清这一点，人生才会过得有价值。”❶

禁烟老师越说越起劲，滔滔不绝地讲解着自己的人生哲学。要知道，虽然他经常和学生们聊天，但聊天内容从来不会涉及这么高深的哲理，禁烟老师已经很久没有这样畅快地抒发自己对生活的感情了。培克老师边听边若有所思地点着头，他完全同意眼前这位好友的想法。

禁烟老师接着说：“不过话说回来，如果能够在学校成为一名校医，也算是从事了自己喜欢的行当吧。我住的地方离学校不远，有人生病可以很快赶过去。平常呢，我就待在自己的小花圃前，读读书、思考思考人生，累了之后就浇浇花、看看天空，想一想还是挺快乐的！而且最重要的是，我可以和这群孩子们整天待在一起，每当看到他们的时候，我就会想起过去那段美好的时光……”

培克老师深情地望着禁烟老师，他又何尝没有相同的感受呢？当初选择回到学校当老师，不正是希望让那份年轻的岁月一直珍藏在自己的脑海中嘛！学校的生活是多么令人怀念啊！而且，那段时光是两个人拥有的共同记忆。

接着，他们谈起了姚尼、戴马亭、马提斯、塞巴修和受伤躺在病床上的邬理。

❶可以看出，禁烟老师对人生有着自己独特的见解，他每天的生活也确实十分快乐。只有懂得生命本身存在的意义，人生才会有价值，这是禁烟老师教给我们的人生哲理。

“那帮孩子真像咱们上中学时候的样子呀！”禁烟老师慢悠悠地说。

“对啊，而且今天咱们能够重新相聚，都是他们的功劳啊！当初戴马亭和姚尼带我去你住处的时候，我还云里雾里的，谁知道他们会给我一个这么大的惊喜。”

“是的，真是一群聪明又善解人意的孩子！”

…… ……

餐馆的客人们陆陆续续地吃完饭，他们当中有的起身离开，有的还在桌子前回味无穷。这时，禁烟老师的工作时间到了，他必须回到钢琴前继续他的弹奏。

优美的琴声在这个小餐馆里重新响起，培克老师一个人静静地坐在位子上，仔细思索着刚才好友说的那些话。他越想越觉得禁烟老师的惬意确实是由内而外散发出来的。培克老师就这样端坐着，直到餐馆打烊关门，他才陪着禁烟老师离开。

此时夜色已经深沉，整个街道上都空空荡荡的，只有马路两旁的路灯散发着微弱的光芒。走到商店门前，只见壁橱里的一件件圣诞饰品在闪闪发光，它们点缀着路旁的房屋，成了这个黑夜里最为温暖的画像。培克老师和禁烟老师并肩而行，他们穿过马路，回想着少年时代这里的模样。二十多年过去了，街旁的树木似乎长高了点，房屋也好像变得没有以前那么高大，但二十年前这个小镇的景象，依旧同时出现在两人的脑海中。❶地点依旧，却已物是人非，以前那些朝夕

❶二十多年前的罗勃和培克还是孩童，现如今他们变得比以前更加高大，心胸也更加开阔，因此在他们看来，周围的建筑和树木就好像缩小了似的。

相处的同学如今也已各奔东西，失去了联系，当初一起玩耍的那群小伙伴一齐相聚在这里的情景，可能已经是他们每个人心中的奢望了吧。

天上的星星仍旧不停地眨着眼睛。或许只有抬头仰望星空，才能体会到人类是有多么的渺小吧。“哀吾生之须臾，羡长江之无穷。”大自然的万事万物究竟见证了多少伟人的诞生，究竟看过了多少命运的更迭。一个人的一生是多么短暂啊！行走在寒冷的夜中，两人不自觉地互相搂住对方的肩膀，像年轻时那样，分享着那份发自心底的温暖。

正当两位老师一起在夜空下散步、互相倾诉心声的时候，学校宿舍楼中还有一间寝室的窗户中闪烁着微弱的光芒。戴马亭此时点亮了书桌上一盏小小的灯，从抽屉里取出昨天盯着看了好久的那摞信纸，开始伏案疾书。虽然圣诞节不能回家了，但他希望自己的爸爸妈妈能够在圣诞节当天收到自己孩子写给他们的这封信。

亲爱的爸爸妈妈：

在得知圣诞节不能回家的消息之后，我内心确实非常难过，但我答应你们，我要当一名小男子汉，绝对不轻易掉一滴眼泪，我是不会让别人看不起的！当前经济不景气，爸爸失业，这样的状况对我们本来就不富裕的家庭肯定是雪上加霜吧，但我向你们承诺，我一定能够勇敢地面对现实，不会随意倒下的！

爸爸妈妈，这是我第一次不能在圣诞节回家陪你们，虽然很是伤心，但你们不用担心我，今年姚尼依旧不回家，正好我还能和他搭个伴呢！另外，邬理的右腿在一次意外中受伤导致整个人不能下床，他也只好在学校过节了，所以你们看，这里还有很多我要好的朋友们陪着我，情况也不是很糟嘛！

遗憾的是，今年我无法送爸爸妈妈礼物了，但明年一定给你们补上。我从现在开始会更加努力地学习，也许下个学期就可以领到更多的奖学金，我要攒好多好多钱给你们买世界上最好看的礼物！

不过，我在课余时间专门为你们画了一张画，这幅画的主题是环游世界，希望你们看到后能够喜欢。我知道你们最盼望的事情就是一家人一起周游世界各国了！虽然我现在没有能力带你们去各地游玩，但相信将来一定会有机会的！你们也要相信我呀！

这幅画是我花了两个星期画好的，其中的每一笔都包含着我对你们深深的爱。不过因为画实在是太大了，只有对折四下才能放进信封，只希望因此而产生的折痕不会影响它的美观吧。

圣诞节你们的儿子不能回家，但爸爸妈妈还是要好好过节哦！你们不要受我的影响，我会在学校一直想着你们的！

爱你们的儿子戴马亭敬上

戴马亭小心翼翼地封好信封，准备明天一大早就去邮局把它寄出去。此刻，躺在床上的戴马亭根本没有一丝睡意，他虽然在内心不断地告诫着自己要坚强，不能流泪，但一想到圣诞节只能待在学校，一想到家中父母孤单的背影，眼泪就止不住流了下来。泪水浸湿了枕头，也润湿了这个少年脆弱的心。

日积月累

悦耳动听　僻静　颔首　货真价实　泯然一笑　离群索居　不辞而别

汲汲营营　滔滔不绝　回味无穷　更迭　雪上加霜　幡然醒悟

延伸思考

1. 餐馆小晤谈是在谁与谁之间展开的？晤谈的内容是什么？
2. 请用简短的文字概括本章最后戴马亭在给父母回信时的心情。

第十七章　难过的圣诞

名师导读

圣诞节前的最后一天，兴奋、不安、躁动的氛围在学校中弥漫着，甚至连老师们都有些心浮气躁了。然而，在这样的日子里，戴马亭却感觉每一秒都十分煎熬。课堂上读文章的时候，他出现了失态；为了躲避同学们的盘问，他逃离学校，直到排演开始前才返回……本该快乐的日子里，这位少年的心中充满着难过和悲伤。

今天是学校在圣诞节前的最后一天课了。等到下课铃声响起，无论老师还是学生，都会迎来连续一个月的假期，这对学生们而言是极其幸福的一件事了。现在的校园里，到处涌动着一颗颗跳动的心，每个学生都十分兴奋、不安，他们的心情好像是热沙里的栗子，随时都可能会爆裂开来。

下课之后，还有一件事是同学们所期盼已久的，那就是学校即将举行的圣诞晚会。这个晚会是以学生们为主角的一次狂欢，很多少年们都在过去的一段时间里积极准备着自己的节目，希望能够在当天晚上给同学们带来欢乐。晚会结束后，大部分的学生就赶着回家与亲人们团聚了，他们此时正幻想着可能得到的圣诞礼物，每个人脸上都洋溢着兴奋和幸福的笑容。住校生们在这件事上可以说更为激动了，很久没有回家的他们现在都已经开始想着扑进爸爸妈妈怀抱里的情景，每个人的内心都好似怀揣着一只小兔子。当然了，这些孩子们心中也忙着盘算要送给家人的礼物，期待着他们看到礼物后的快乐和感动。

此时的教室里，每个人都心浮气躁，甚至连老师们也不例外，这正是需要任课老师发挥耐心的时刻了。在这样特殊的时间段，应该没有老师要求学生们注意听讲了吧！而且这时让这些孩子们专心背单词、学文法也是根本不可能的事情，索性不如干点有趣的事呢！老师们在课上纷纷放弃了正常的教学内容，转而采用一些特别的方式度过这一天的课堂时光。今天上课的班级里，学生们朗读故事或者老师亲自讲述新鲜见闻成了主要的内容，这样的方式多多少少能够让学生们的心平静下来，真正参与到课堂教学的环节中去。

戴马亭所在班级的最后一节课是地理课，这门课本学期是由培克老师执教的。培克老师完全理解现在学生们的心情，于是他在上课的时候带来了一本寓言集。这本寓言集中的每篇故事都堪称世界文学中的传世佳作，不仅情节跌宕起伏，而且还能够引发读者的深思，当然了，有些故事中还涉及很多的地理知识。培克老师让同学们挨个站起来朗诵其中一些篇幅较短的故事。

轮到戴马亭的时候，培克老师对他魂不守舍的表现感到非常意外：这个平日里对待什么事都极其认真的小伙子，今天不但精神看起来萎靡不振，就连思维也好像很不在状态。朗诵故事的过程中，戴马亭的语调没有一丝力量，念得也是结结巴巴，甚至连自己读得跳了两三行都没有发现。不但老师察觉到了他的不对劲，就连下面听着的同学们也忍不住偷笑，窃窃私语的声音都快要盖过戴马亭的朗读声了。

“嗯，念得不错！”培克老师并没有丝毫批评戴马亭的意思，而是故作轻松地说，“不过你好像读得有点急，是迫不及待地想将故事的结尾分享给我们吗？还是心已经飘荡着回家了呢？再忍耐一下，明天的这个时候你就可以在圣诞树下尽情玩耍了！”

听到老师说的这些话，戴马亭也意识到了自己的失态，羞愧地低下了头，此时他的脸都完全变红了。“不能哭，戴马亭你一定不能哭！现在还有这么多人看着呢！”戴马亭在心里默默告诫着自己。

其实，戴马亭从昨晚写完那封信之后，就一直在心里默念着“不能哭”三个字，当前一天晚上躺在床上失眠的时候，他至少念了有两百遍，谁都无法想象，这位少年目前承受着的是多么巨大的痛苦。

从他读完文章到下课，戴马亭一直处在伤心与愧疚之中，他不敢抬起头看老师，一方面是对刚刚表现的惭愧，另一方面也担心自己的心事暴露在老师眼中。但他不知道的是，虽然他一直将头埋在怀里，但培克老师却始终默默观察着他。

最后一节课的下课铃声终于响起来了，姚尼还没有将课本放进书包里，就急急忙忙地跑到戴马亭那儿。

“喂！下午没有课了，你的行李还没有打包好吧！”姚尼兴奋地问戴马亭，“没有的话，我去和你一起怎么样？”

“不用。”还没等姚尼把话说完，戴马亭就一口回绝了他，抱起书包头也不回地向教室外头走去。

“真是热脸贴上冷屁股。”姚尼小声嘀咕着。不过，虽然姚尼在表面上没有什么波动，但他内心对戴马亭的表现感到十分诧异。“这家伙究竟是怎么了？”

中午，邮差送来了妈妈从家里寄来的包裹，这应该就是信上说的那份圣诞礼物吧！拿到邮件的戴马亭并没有心情马上将它拆开，而只是默默地把包裹挟在腋下，便向学校更衣室走去了。刚要准备将礼物放在储物柜里，戴马亭便发现马提斯拖着一个大袋子走了进来，他要把柜子里的东西全部装回家。

“咦？这都准备放假了，怎么还有人给你寄包裹？”看到戴马亭手里拿着的东西，马提斯好奇地问。

“噢！这个是我妈妈寄给我的。”戴马亭随口回应道。他此时依旧垂头丧气，看起来一点精气神都没有。

“明天就要回家了，现在怎么还往学校寄东西呀，包裹里装着什么紧急的重要机密吗？这些大人们真是让咱们搞不懂。”

戴马亭正努力转动脑筋想着怎样回复才显得恰当之时，马提斯已经开始兴奋地和他讲述昨天去偷看邬理的事。

“其实我特别想留在学校陪邬理过圣诞的，但尽管我软磨硬泡，培克老师就是不肯答应。他说我的家里还有我父母在等待我，我应该考虑一下父母的感受，不能想干什么就干什么，从这个层面上来看，培克老师说得也确实很有道理，我应该回家过节。如果这么重要的节日我都不回家的话，爸爸妈妈一定会非常失望吧！戴马亭，你说是这么回事吧！”说在兴头上的马提斯并没有等待戴马亭的回答，好像是自言自语似的，一边收拾东西一边继续问，“你明天搭几点的火车呢？我中午就出发，如果可以的话我们一起结个伴！”

“嗯……我……要晚一点再走。”戴马亭结结巴巴地说道。

“晚一点？晚一点是几点？下午五点十二分吗？”

“对，就是那趟，五点……五点十二分那趟。”戴马亭胡乱地回答。

“这么晚啊，不过戴马亭，依我说你就别一个人走了嘛！和我一起搭中午那班车吧，我们班可是好多同学都坐那趟车回家呢！”马提斯说着说着内心就不由自主地兴奋了起来，“你想想看，我们和好多熟悉的小伙伴坐在一个车厢里，在路上可以一起聊天、讲故事，甚至还可以一起唱歌，多热闹呀！你一个人回家哪能这么有趣？怎么样？考虑考虑呗！”马提斯的小眼睛咕噜咕噜地转着，想让戴马亭赶紧回心转意。

然而此时的戴马亭听到这些话，心里实在是忍不住了，他“啪”的一声把更衣室的门用力关上，头也不回地冲出了更衣室，甚至在他跑出去后更衣室的柜子还不停地晃动了一段时间。

“这是怎么了？我说错什么话了吗？”被戴马亭吓了一跳的马提斯好久都没有缓过神来，他冲着戴马亭的背影大喊了一声“神经病”，便开始继续收拾自己那如垃圾堆般的储物柜。

宿舍楼里，每个寝室的同学都在兴奋地整理着行李，他们希望尽早为明天的回家做好准备。戴马亭冲出更衣室后在校园里的小路上随意地走着，他本想回寝室休息休息，但一想到自己在寝室无所事事，甚至还有可能遭到别人疑惑的目光，便感到很不是滋味。于是，为了避免同学们的盘问，他决定先离开学校到城里逛一圈。

户外的天气依旧十分寒冷，每当一阵风吹过，街上的行人都不由自主地将衣服裹紧一些。但很明显的是，路上圣诞节的气氛更加浓厚了。道路两旁的商店门口，圣诞树、彩色球数不胜数，好看极了！地上的积雪更厚了，戴马亭全副武装地穿戴着，沿着街道慢慢往城里走。

越往城中心走，路上的人就越多，他们中很多都是在这个点出来赶着买圣诞饰品和礼物的。到了圣诞节前一天，店铺里很多东西都到了打折促销的阶段，就连街边的小商贩都挂出了减价的牌子。快瞧街角的那位老先生，他此刻正用力招呼着行人，努力想把最后几棵圣诞树卖掉。

戴马亭就在这样的街道上溜达着，虽然气氛很是热闹，但没有一个熟人、朋友在身边，他的内心依旧十分落寞。周围商店里传出的欢快歌曲传入戴马亭的耳朵中，似乎是在想要唤起他心底那份对生活的热爱，但只要一想到爸爸妈妈在家中孤独的背影和失望的情形，他一点都轻松不了。

在巴尔巴洛广场上，职校生领袖艾嘉兰和戴马亭相遇在了一起，两人彼此望了一眼并点头致意，虽然一句话也没有说，但他们之间的感觉明显和以前大相径庭，好感取代了敌意，不得不说这其中也有着禁烟老师的功劳。

其实从那次绑架事件发生之后，艾嘉兰个人因为他当时求和的态度惹得其他职校生对其感到非常不满，他的领袖地位也有了一定程度的动摇，在情况最激烈的时候甚至还

有竞争对手当面进行挑衅。但这样僵持了好一段时间后，大家发现除了艾嘉兰，其他人的能力都不足以胜任这个职位，最强的也只是在气势上能带动一下众人罢了。最能服众的、最有资格当领袖的，非艾嘉兰莫属。

和艾嘉兰打过招呼之后，戴马亭站在一旁愣了会神，当他看到艾嘉兰的背影将要消失在街角的时候，仿佛突然想起了什么似的，跑上前去拍了拍他的肩膀，用非常友好的语气说："圣诞快乐！"

"圣诞快乐！谢谢！"艾嘉兰听到戴马亭的问好之后也呆了一下，但马上便反应了过来，微笑地回答道。在分别之后，他还感激地频频回头，在转角处向戴马亭挥手道别。

此时戴马亭的心情也稍微好了一些。

继续沿着街道漫无目的地向前走，在一家人潮拥挤的礼品店门口，戴马亭看到了塞巴修的身影。此时塞巴修手上正拿着几个包装精致的小礼物，在商店门外四处张望，一回头也看到了戴马亭眼睛直直地看着他。

"你也是来买礼物的吗？我真是想不明白，为什么所有人都非要赶在这个时候来凑热闹。我们学生是因为平时上课，这些大人们平时也很忙吗？我猜这会不会是一种沿袭至今的习俗啊！"塞巴修看着店里拥挤的人潮，摇了摇脑袋，苦笑着说，"不过送别人礼物也是一件很快乐的事，虽然采购过程很累人，但也算是一种享受吧！每到圣诞节的时候，谁不是盼望着收到精美而又用心准备的礼物呢？自己收到礼物内心是非常快乐的，但也得让别人感到满足啊，出来跑一跑、挤一挤也是值得的！"

塞巴修越说越起劲，在表达完自己的情绪之后便和戴马亭说："你要在这里排队对吧，那我先回学校收拾东西了，先走一步！"说完就愉快地抱着东西离开了。

戴马亭咬紧了下唇，不让眼泪流下来。如果放到以前，现在的他也正拿着钱到处逛商店为爸爸妈妈精心挑选圣诞礼物呢，而现在，他不但没有买礼物的钱，连家都回不去了。

他急忙向与塞巴修相反的方向走去，避免在这里碰到其他同学。但说来也奇怪，不希望发生的事情却总会发生，一路上戴马亭不管走到哪里，都可以碰到认识的人，无奈，他只好往学校走去。

看了看手上的表，戴马亭发现《会飞的教室》最后的彩排时间快要到了。时间过得可真是快啊，戴马亭在心里想。

由于邬理受伤躺在床上无法动弹，小女孩的角色就由许特嘉来扮演。姚尼一大早就找到许特嘉商量这件事，许特嘉也不磨矶，在知道具体的情况之后就表示欣然同意。随后，姚尼把剧本和台词给许特嘉讲了一遍，并要他赶紧背熟，这样在下午彩排的时候就可以和大家一起合练一次，免得正式上台之后手忙脚乱。

戴马亭回到学校后就加快脚步走向体育馆，在他到馆之前演员们就已经将戏服都换好了，道具也已摆放妥当。

许特嘉在换上小女孩的衣服并带上金黄色长发之后，大家发现他比邬理扮演起来还要更像几分呢！不得不说，他还真是个不错的人选，在排练的时候，许特嘉的动作、神态都恰到好处，让人觉得他简直天生就是一位出色的演员。

“你可真是太棒了！对人物形象的拿捏十分到位！”姚尼都不禁对许特嘉夸赞道。

大家从头到尾将整个话剧排练了两次，大致上都没有什么问题了，每个人心情也稍微放松了一些，养精蓄锐等待着晚上的正式表演。所有演员中只有马提斯的台词还背得有点吃力，让人有些担忧。

“放心吧，我没有问题的！”马提斯拍了拍胸脯，向大家保证道，“只要我晚餐吃得饱一点，那点台词对我而言小菜一碟！”

“今天的晚餐可是学校安排的圣诞大餐，按照以前的惯例，一定是非常丰盛的！”

“对呀，而且每年的菜单都会有很大的变化，真不知道今天晚上会有什么样的惊喜！”

“你们是不是很早就注意到厨师的动静了？”

“那可不！”

众人一边闲聊着，一边脱下戏服。在脱下来之后，他们还象征性地在戏服上吐了三口唾沫，“呸！呸！呸！”，孩子们的动作十分滑稽可笑，不过这样做是表示演出会一切顺利，具体的传说不知道塞巴修是从哪里看来的，反正他在给大家介绍的时候讲得出神入化，事后还不忘一再叮嘱。

“一下午都没有看到你的影子，你去哪里了啊？问了好多人都说在学校没有见到你，你是不是有什么心事？刚刚排练的时候我也看你一副心不在焉的样子。”在大家都收拾得差不多之后，姚尼找到了和戴马亭说话的机会，赶忙凑了上去问道。

“没事，可能是我昨天晚上没有睡好吧，放心好了！我今天晚上一定没有问题的！”面对好友的关切询问，戴马亭觉得现在扭头转身离开不是很好，只好支支吾吾地回答。

排练结束后，马提斯建议大家一起去看望一下邬理。

邬理依旧躺在病床上，腿悬挂在空中，不过他的气色明显比之前好了很多。在看到这么多人来探望自己的时候，邬理也显得十分激动，但他身子又无法动弹，只好挥手向大家致意。在得知自己的小女孩角色由许特嘉来扮演并且效果非常好的情况后，邬理表示十分高兴。

“不过，这当然不能跟你比啦，你才是最棒的！”马提斯赶紧安慰他。

“你可真是了不起，敢从那么高的地方跳下来。不过也幸好我们学校没有修教堂高塔这样的建筑，否则的话，那么高的地方你应该也不会害怕吧！”塞巴修对邬理开玩笑道。

邬理不好意思地微微一笑，对大家说：“明天开始同学们就陆陆续续地回家了，学校只剩我和姚尼啦！能回家真是太幸福了！”羡慕之余，邬理也对大家的假期生活表示祝福：“希望你们每个人都能度过一个愉快的圣诞假期！”

戴马亭内心非常想在这个时候告诉大家他不能回家的事实，但看到每个人都围在邬理的床边有说有笑，到嘴边的话又被硬生生地吞到了肚子里。此时戴马亭有一种被大家孤立的无助感，但又不敢吐露自己的心事，害怕忍不住当着众人的面号啕大哭起来。❶

❶ 众人的欢乐和戴马亭的落寞形成了强有力的对比，这更加表现出戴马亭内心的无助和悲伤。

“可惜你今晚不能上场，也无法到舞台前体验现场的氛围。”姚尼此时仍旧想着演出的事情，“要不这样好了，我明天把演出的详细情况一一说给你听。”今晚的演出也算是姚尼大作的一次展示，他的内心仍旧非常忐忑。

“好的！我相信演出一定会非常成功！”邬理兴致勃勃地说。

在大家离开病房的时候，邬理轻轻拉了拉马提斯的衣角，趁别人不注意的时候，往他衣服口袋里塞了一整条巧克力，这块巧克力是邬理放在床边专门为马提斯准备的。

这几天里，学校里几乎每一位老师都来看望过郐理，校长还亲自来了好几趟，看得出来，学校对郐理的病情还是非常关心的。也正因如此，郐理的病房里放满了鲜花和各种各样的巧克力。

马提斯看到郐理塞给他的东西，开心极了，他顽皮地朝郐理眨了两下眼，还扮了个鬼脸——郐理真不愧是自己的好朋友，真是太了解他了！

日积月累

盘算　跌宕起伏　魂不守舍　萎靡不振　热脸贴上冷屁股　软磨硬泡　落寞　养精蓄锐　硬生生　号啕大哭

延伸思考

1. 请谈谈你对本章标题“难过的圣诞”的看法。
2. 戴马亭为什么刻意躲避同学们？
3. 从郐理和马提斯之间的哪些细节中可以看出他们两人友情的深厚？

第十八章　圣诞节晚会

名师导读

晚饭结束后，圣诞节晚会正式拉开了序幕。在这个晚会上，我们可以聆听和蔼可亲的校长先生的圣诞祝词，可以看到精彩纷呈的节目表演，还能见证培克老师和禁烟老师之间真挚的友情……话剧《会飞的教室》演出十分成功，少年们长时间来的努力没有白费，为这个话剧所付出的每一个人都值得敬佩。

今年的圣诞晚宴相比之前的似乎更加丰盛、更加美味，在晚餐期间，每一个学生都吃得津津有味。享受完这一顿晚宴之后，全校的同学们都到体育馆集合，准备共同度过一年一度的圣诞节晚会。

还没进体育馆的大门，大家便可以看到一棵缀满彩球和装饰物的圣诞树，它正挺立在体育馆门口，每一个经过的同学都不由自主地走慢一点，甚至停止前进的步伐，轻轻摇一摇挂在树上的铃铛，表示欢送过去的一年，同时也开心地迎接新年的到来。

此时的舞台已经被同学们布置得异彩纷呈，光看上去就有很浓的欢乐气氛。今天晚上，各个年级的学生都将在这个舞台上展示自己的风采，他们有的唱歌，有的朗诵，有个人表演，还有以班级为主体的节目……当然了，在各种各样的节目当中，压轴话剧《会飞的教室》是重头戏，无论老师还是学生，都对它表示万分期待。

晚会的主持人由高年级学生来担任，同时还有一部分高年级的同学负责钢琴弹奏。在一曲欢快的钢琴曲中，圣诞节晚会拉开了序幕。紧接着是晚会的第一项，校长克林博士走上舞台，亲切地向台下两百多位师生致圣诞祝词。

克林博士虽然是一校之长，但模样并没有非常严厉，反而十分和蔼可亲，他的脸上也总是带着慈祥的笑容。他在台上说了这么一段话，让同学们格外感动，大家也发自心底地更加喜欢这位校长先生了：

“虽然我脸上没有长出又长又白的大胡子，但我经常觉得自己有圣诞老人的风范！哈哈！为什么这么说呢，因为我非常喜欢孩子，每当看到孩子们无忧无虑地玩耍或者专心致志地学习时，心里就会感到非常欣慰和温暖。我喜欢看到每一个孩子都能够快快乐乐地成长，也非常希望做你们生活和学习上的引路人。今晚的时光里，我希望在座的各位都能够过得开心、快乐！”

校长平日里并不公开讲这些柔情的话语，但此时此刻，他的致辞给予了在场同学以温暖，也让很多喜欢捣蛋的少年惭愧地低下了头，他们平日里可确实没少给校长惹麻烦！

校长讲话结束后，同学们都报以

热烈的掌声，由衷地对他们爱戴的克林校长表示感谢。在大家的掌声中，节目表演正式开始。圣诞节晚会可以说是每一个班级展示自己风采的时刻，同时也是个人展露才华的舞台，大家都铆足了干劲，把自己的长处尽全力发挥出来。

随着节目的不断进行，时间也在同学们的笑声中飞逝。终于，话剧《会飞的教室》开始上演了。

“理论与实践的结合是学习过程中重要的一环……”扮演老师的塞巴修最先走上了舞台，他一边摸着胡子，一边摇头晃脑地说着台词。看到塞巴修那滑稽可爱的神态，台下的观众们都笑得前仰后合，坐在第一排的老师们也忍不住哈哈大笑。当然了，对于他说的话，很多老师都表示赞同，纷纷不停地点头。

随后，第一幕的布景呈现在了观众眼前，看到这逼真的景象，同学们不禁连连发出惊叹，这种视觉上的冲击仿佛让大家身临其境。观众们好像和台上的演员一起坐在“会飞的教室”里，一会儿到达了维苏威火山，一会儿又前往了埃及金字塔。当木乃伊的道具突然出现时，还有人被吓了一跳呢！到了最后，可爱的北极熊向大家打着招呼，那可爱的模样也使大家笑得咧开了嘴。

最后一幕，随着扮演小女孩的许特嘉从云层里缓缓降落，话剧正式进入了尾声。台上，全体演员开始齐声欢唱歌曲《平安夜》，台下的很多观众也不由自主地应声唱了起来……整个体育馆里洋溢着一片温馨、欢乐的圣诞氛围。

在舞台灯光落下之后，台上的每个人脸上都呈现着兴奋的笑容。可以说，话剧的演出效果非常完美，剧组演员们在整个流程中没有出一点差错，道具也非常配合大家的表演，就连飞机门都没有卡住。当然了，最让他们感到惊喜的，还是台下观众们的反应，看得出来，大家深深地融入了话剧的剧情当中。谢幕时，台上的演员们个个涨红了脸，观众们更是用经久不息的掌声表达他们心中的喝彩。

校长走上舞台，和每一位演员握手，以表示他对精彩节目的欣赏和感谢。当他走到许特嘉面前的时候，校长的脚步稍微停顿了一下，在浑身上下打量了眼前的这位孩子后，他向众人询问："这位小女孩是从哪里借来的呢？"

听到校长的疑问，台下的同学们也注意到了这一点，好奇地等待着答案。看着大家一个个凝视的目光，还没等人回答，许特嘉便将头上的假发拿了下来，一个可爱的小平头展现在了众人眼前。看到这个情景，每一个学生都笑弯了腰，大家的笑声几乎快要把屋顶都震碎了。❶

❶校长的反应增添了文章阅读的趣味性，同时表现出话剧演出的良好效果。

接着，校长走到了戴马亭的面前，对他画的布景表示称赞："你画得真是太棒了！可以说正是这些惟妙惟肖的布景将同学们真正带到了会飞的教室中去，谁能想到这些画都是出自一位中学生之手呢？"

❷此时禁烟老师和培克老师坐在一起，那么待会他们会不会向大家宣布两人之间的关系呢？

当然了，姚尼也是整个话剧的核心人物，校长拍了拍他的肩膀，十分欣赏地说："姚尼，这是你写的作品对吧，真是太震撼了！你将来一定能够成为一名伟大的作家！"姚尼听到后，整个人都兴奋地合不拢嘴。

还没下台的时候，塞巴修便看到了禁烟老师的到来，并且还注意到禁烟老师的位置居然在培克老师旁边。他并不知道禁烟老师和培克老师的关系，所以对这个场景感到十分惊讶。这个秘密到现在只有姚尼和戴马亭知道，所以塞巴修的震惊也不足为奇。❷

等到话剧《会飞的教室》演员全部下台之后，培克老师作为观众代表走上前来，向全体演员们致意。此刻，这位备受同学们爱戴的“正义老师”脸上，洋溢着难以言喻的快乐。

“刚刚舞台上的每一个节目，都让我非常感动，看到大家用心的表演，我们当老师的也感到非常欣慰和开心。相信大家对最后一个节目《会飞的教室》都感到震撼吧，不仅对在座的同学们，这个话剧对身为老师的我们，也有着很强的教育意义。我们确实应该不断充实自己的知识，为培养国家未来的栋梁做出更大的努力！

“坐飞机到世界各地向大家讲解知识，是一个难以实现的理想，但精彩的解说应该可以让同学们在课堂上听得更加津津有味吧！所以下个学期开始，你们会看到一群不一样的老师们！”

听到培克老师的话，学生们都热烈地鼓掌。

等到掌声停歇后，培克老师继续说：“你们今晚的表演让我想起了自己上中学的年代，二十年前，我也是吉奇斯蒙中学的一名学生，二十年前的今天，我也像你们现在一样坐在台下看着圣诞晚会的节目，当时，我的身旁坐着一位我最好的朋友。我们的友谊一直持续了近十年，后来，因为一些特殊的原因，我和那位朋友失去了联系，直到昨天，正是你们当中两位少年从中牵线，我们才得以重新相聚。我想我的那位朋友你们应该都很熟悉，他就是坐在我旁边的罗勃先生，也正是你们口中的禁烟老师。”

禁烟老师听到培克老师的介绍，赶忙从座位上站了起来向大家致意。包括戴奥德在内的少年，都惊讶得说不出话，这个世界上真的有这么巧合的事情吗？看到培克老师和禁烟老师的笑容，以及同学们震惊之余满是感动的表情，姚尼和戴马亭默契地相视一笑，点了点头。

校长克林博士这时候也走了过来，说：“培克老师和罗勃先生都是我们学校的杰出校友，我算是看着他们长大的。没想到二十年后两人能在这里重新相聚，并且是以如此令人惊讶的方式，真是太让人感动了！”说到这里，这位在吉奇斯蒙中学待了二十余年的老教师拿下眼镜，擦了擦微红的眼睛。然后他接着说道：“趁这个时机，我现在向大家宣布一个好消息，由于校医哈维特先生即将退休，我已经正式聘请罗勃先生担任吉奇斯蒙中学的校医，让我们以掌声来对罗勃先生的到来表示欢迎，也对哈维特先生的奉献表示衷心的感谢！”

听到校长的安排，在场的每一位学生都表示十分开心，戴马亭他们更是欣喜若狂，兴奋的心情久久不能平静。这群孩子们确实没有想到，两位老师不但在这么重大的节日里重新相遇，禁烟老师之后还能来学校工作，大家见面更加方便了！

经过这个晚会，校长先生在孩子们眼中的形象更加高大了起来，他慈祥可亲、平易近人的模样深深印在每一位同学的心中。户外的天气依旧冷得让人不愿意在外面多待一秒，但体育馆里每一处的空气都那样温暖，如春天般滋润着可爱的少年们。

晚会正式结束之后，高年级的学生们拿着蜡烛，一边唱着圣诞歌，一边带领大家走出体育馆，向宿舍的方向离去。

刚走到宿舍楼下，姚尼就将一个包裹递到了禁烟老师的手里。

“禁烟老师，这是送给您的圣诞礼物！”姚尼毕恭毕敬地说，“本来想着在圣诞节当天亲自送到您住的地方去，但刚刚听到老师将要来学校工作的消息之后，我就迫不及待地想把礼品送给您，以表达我们对您真挚的喜爱。”

禁烟老师伸出双手接过礼物，出于内心的激动，他双臂都在微微颤动着，确实，这个夜晚禁烟老师收获了太多感动，让他都开始怀疑自己是不是活在梦中。

“这是我们几个同学一起送给您的，虽然不是很贵重，但我们对您的情谊是真实浓烈的！祝愿您能愉快地度过这个圣诞节，也希望您在这个冬天里能够感到更多的温暖！”塞巴修在一旁补充着。

“谢谢你们！你们这些可爱的孩子真是给我带来太多的惊喜与感动了！”禁烟老师现在的眼眶都变得微红，甚至声音都有了一丝哽咽。培克老师刚刚悄悄地停在了禁烟老师身后，目睹了整个过程，现在他正微笑地看着他的好友和这些纯洁善良的孩子们。

夜已经很深了，充满欢笑和泪水的圣诞节晚会正式画上了圆满的句号。这个夜晚，对很多人而言都具有特别的意义，有相聚、有别离、有失落、也有感动……校园里又重新恢复了往日深夜的宁静与平和，寝室中的孩子们也纷纷爬上床，准备进入美好的梦乡。

培克老师开始了他每天的任务——巡楼，这件事情对他而言好像不仅仅是一项工作，更是一种快乐与满足。看着孩子们安安静静地躺在床上熟睡的模样，听着他们微微的鼻息声，培克老师的心都快要融化了。他尽量放轻脚步在走廊中行走，避免发出声音打扰到学生们的休息。

“真是一群让人疼爱的孩子们！”培克老师感觉自己愈来愈喜欢这份工作了，他和孩子们在一起的每一分每一秒，都可能收获到意想不到的乐趣。

巡视到戴马亭寝室的时候，培克老师发现他睡得很不安稳，并且嘴里还一直喃喃着什么。

“绝不能哭！”培克老师凑近一听，这四个字在他的耳边响起。在听清楚后，培克老师又蹑手蹑脚地走出了房间。

绝不能哭！为什么要哭？又为什么不能哭？一个个疑问在培克老师的脑海中旋转。突然，他回想起今天戴马亭上课时的反常表现，决定找个机会将这件事问个究竟。

日积月累

经久不息　毕恭毕敬　滑稽　不由自主

延伸思考

1. 校长克林博士是一个什么样的人？
2. 晚会上培克老师和校长先生分别宣布了关于禁烟老师的什么消息？

第十九章 落泪的少年

名师导读

圣诞节当天，同学们早早地便收拾好行李向家的方向归去。到了下午时分，整个校园里已经没有了平日的喧嚣，变得寂静与凄清。然而就在这时，一位少年正躲在校园的一个角落里默默落泪，让人不禁心生怜悯。这位落泪的少年究竟是谁？他为什么会做出这样的举动？这位少年身上还发生了什么其他的事情呢？

第二天一大早，归心似箭的同学们早早地就从床上爬了起来，把行李连拉带拽地搬到了宿舍门口。有些个子小、身材单薄的同学，偏偏行李又特别多，这一个个包裹对他们而言就好像沉重的大石块，每挪一步都要花很大的力气。但让他们少拿点回家吧，却又感觉都是生活必需品，不得不带回去使用。

“来，我帮你搬吧！”高年级的学生力量较大，在这个时候他们当中很多人都会热心地帮助学弟们，奉献出自己的爱心。

离第一班火车开动的时间越来越近了，车站里的好多人内心都非常激动，他们正渴望着敲响家门的那个时刻。喧嚣的气氛在同学们当中愈来愈浓烈，每个人都按捺不住自己的心情，和周围的人兴奋地交谈着。这个时候还有一些没有经验的低年级学生，因为第一次回家，总是糊里糊涂地落下东西，一会儿忘了带帽子，一会儿又落下皮鞋，楼梯上时刻都有匆忙的少年拎着东西跑来跑去，生怕耽误了发车的时间。

随着第一趟火车的离开，宿舍楼里有一半的寝室都空了下来，喧嚣声也与清晨相比减弱了很多，有些起床较晚的同学们此时也并不着急，慢条斯理地收拾着东西，免得半路想起来再跑回宿舍取。

时间已经接近中午，准备乘坐第二班火车的学生们都挤在了一楼，等待着班车的到来。姚尼站在宿舍门口，和同学们一一道别。

“喂！别走！等等我！”一声大叫从宿舍楼里传了出来。大家回头一看，原来发出叫声的是马提斯。只见他一边跑一边从楼梯上冲了下来。马提斯在上午收拾好东西后，便到邬理病房和他聊起了天，这一聊两人便聊上了瘾，马提斯差点忘了回家的时间，幸好护士刚好路过，看到马提斯旁边的行李便提醒了他。说实话，现在护士们都挺喜欢这个小胖子的。

“麻烦您费心多多照顾这个矮子。”话刚刚说出口，马提斯便后悔了，他竟然脑子一空，忘记邬理最讨厌别人叫他矮子了。其实马提斯确实不是故意的，大概是心中着急不小心说漏嘴了吧！不过病床上的邬理倒是没有十分在意。

“你就放心吧，邬理在这里一定会过得十分快乐的。”护士对马提斯说，“邬理的爸爸妈妈应该待会就到学校啦，有自己的父母陪着，邬理怎么可能受委屈？而且，学校不是还有培克老师、禁烟老师和我嘛！他一定不会寂寞的，我们甚至都已经想好给他的圣诞惊喜了！”

马提斯听罢，开心地点了点头，便向楼下冲去。眼看着他那庞大的身躯就要撞到聚集在门口的同学们了，姚尼赶忙上前把他拦了下来。扶住马提斯的身体，姚尼的手臂甚至都能感受到他胸口因喘气导致的起伏。看着他气喘吁吁、上气不接下气的样子，同学们不禁哈哈大笑了起来。

“跑这么快做什么，火车还没来！看你这么不小心，摔出意外可得在学校过圣诞喽。”姚尼半开玩笑地说。

自从邬理受伤以来，姚尼心思细腻的一面被淋漓尽致地展现了出来。邬理的病房里经常可以看到姚尼的身影，两人一起聊天、玩耍，姚尼还经常给邬理讲自己从船长那里听来的故事，就这样，他们的关系变得越来越好了。

“塞巴修已经乘坐今天早上的第一趟火车离开了。”姚尼和马提斯说。但他突然又想起了什么：“但我一直没有看到戴马亭的影子，这小子今天不回家吗？你有没有见到他？”

“我一大早就去找邬理了，上午都在他病房里，没有看见戴马亭啊……唉，先不说了！时间就要来不及了！看来已经没有时间去买面包了，待会在车上又得挨饿喽！”

马提斯一边拖着行李在雪地上走，一边不断回头向姚尼挥着手：“再见了！我必须得出发啦！开学见！”

距离学校不远的车站里，现在已是人潮拥挤，甚至好多地方都被堵得水泄不通。可能是因为马上就能够见到自己的爸爸妈妈和家乡小伙伴的原因吧，学生们个个精神抖擞，说起话来都能感觉到他们心中的愉悦。此时此刻，欢声笑语弥漫在整个车站中，路过的行人还以为这里在赶集呢！

马提斯一路狂奔，终于到了车站，幸好车还没有来。他深深地喘了一口气，疲惫感突然席卷全身，马提斯索性直接坐在自己的行李箱上休息了起来。

“喂！那不是马提斯嘛！快点过来！”

刚缓过劲来的马提斯听到远处有人叫自己，便抬头一看，原来是自己的同班同学。只见他们已经集合在上车的地方了，准备火车一来就冲上去占位子。正值圣诞假期，火车上的位子确实紧缺得很！

马提斯想了想，随即起身拉着行李走了过去。

“大个子，这是专门给你准备的面包，吃饱一点，等会抢座位就靠你了！”有位身材瘦小的同学给他递了一袋面包。

马提斯看到面包，整个人都兴奋了起来，看来不用担心路上饿肚子了。他接过面包，二话不说就坐在地上啃了起来，不一会儿五六块面包就被消灭光了。马提斯满意地摸了摸自己的肚子，他感觉现在自己的身体就像打足气的车胎，充满了动力。

轰隆隆的声音从远方响起，准备乘车的旅客们个个摩拳擦掌，好像在准备一场大战似的。火车刚一进站，所有的人便拖着行李拼命往车上挤，那个阵势可能也只有在这个时间里能看到了。

不得不说，吃完面包的马提斯身手十分敏捷，只是一眨眼的工夫他便已经坐到火车座位上了。马提斯从车窗探出头，帮同学们把行李传进车中，减轻他们上车的负担。不一会儿，大家便都挤到车里了。

蚂蚁搬豆似的奇景在上演了几分钟之后，车站内密密麻麻的人潮便都转移到了火车里，此时的一节节车厢看上去就好像沙丁鱼罐头似的。

“呜……”

火车在一声长鸣之后，便慢慢开始启动了！车厢里的少年们纷纷激动地把头伸出窗外，向变得空荡荡的车站大吼：

“新年快乐！”

“圣诞快乐！”

车站的站长在看到这个情景后，赶忙冲了出来，神情严肃地警告他们不准把头和手伸出窗外。

看着火车离开月台渐行渐远，远到仅剩下一个小黑点的时候，站长心中的大石头才终于落了地。他在这个车站已经工作了十余年，每年圣诞假期都会被这种情况弄得提心吊胆。

“真是些调皮的少年啊！不过我小时候是不是比他们更爱捣蛋？”放下心来的站长自言自语道。

因为学生们的离去，学校在这个时候也变成了一座空城，以往喧闹嘈杂的宿舍楼在这个时候显得格外寂静。宿舍楼到校门的那段小路，因学生们拖拉行李造成的泥泞也逐渐消失了，渐渐地被空中飘下的雪花所覆盖。吉奇斯蒙中学又成了一片洁白的世界。

“终于可以享受孤独的时光了！”培克老师在房间里伸了个懒腰，然后穿上一件厚厚的外套，想要去外面感受一下大自然的气息。皮鞋敲击地板的砰砰声在宿舍长廊里回荡，此时的培克老师不必再像平日里那样担心吵到孩子们的休息了。

走在寂静的校园里，培克老师深深吸了一口清新的空气，别提有多舒心了。平常，校园里到处都是奔走的学生，他们有的是在赶去上课的路上，有的是在打雪仗、堆雪人，处处都充满欢声笑语……现在，这里的一切都沉寂下来了。

风轻轻地从树梢吹过，没有了以往的凛冽，反而多了一丝轻柔；雪随着风儿从天空中飘下，静静地落在草地上，一切都是那样平静、祥和。“这大概是宇宙间最动人的声音吧，寂静之声带给人的感觉真是太美妙了！”培克老师在心里想。

他把手插进裤兜里，慢慢地在校园小路上踱步，一边走一边倾听着自己内心发出的心灵之声。

时光如白驹过隙，一个年头又这样过去了。每年的这个时候都是培克老师心中最煎熬的时段，因为他以往总是一个人孤单地待在学校里，品尝着一份孤独的滋味。然而今年，他和自己童年时代最为知心的伙伴重新相逢，两人可以互相做伴、共度佳节了。

走到图书馆，只见大门紧闭，全然没有了上学期间人来人往的那般热闹。突然，一行出现在图书馆侧门雪地上的脚印吸引了培克老师的注意。

“咦？现在大家不都已经回家了吗？姚尼在病房里陪着郐理，谁会来图书馆呢？难道还有其他人留在学校？”

跟着脚印，培克老师沿着图书馆旁边的小径向前行走，并且仔细注意着路旁的每个角落。

图书馆是培克老师少年时代最喜欢来的地方，但他很少坐在图书馆的书桌前读书，而是喜欢到馆外转角的柱子旁，在那儿看书学习、思考人生。每逢考试，他便坐在柱子旁的一块平台处认真复习，绝对不会受到任何干扰。学累了呢，还可以躺在上面仰望蓝色苍穹，在脑海中编织一些专属于少年的白日梦。

“真是个令人怀念的地方啊！”培克老师不禁发出感慨。二十年后自己的秘密基地会不会有什么变化呢？想着想着，他便想绕到自己童年时最喜欢待的那个地方再看一眼。

有人！往前走了没多少步，一个少年的背影映入了培克老师的眼帘。那少年头靠着柱子，眼睛望着天空，仿佛在思索着什么，不仅如此，他的喉咙还不时发出悲伤的叹息。

“喂！”

培克老师喊了一声，前面的少年被吓了一跳，急忙转过头来——那少年竟然是戴马亭。

他看到培克老师朝自己走过来，急忙站了起来，起身后还不忘拍了拍自己身上的尘土。

“你怎么在这里？”培克老师问道。

“我……”戴马亭欲言又止。

培克老师拍拍少年的肩膀，示意他坐下来一起聊聊天。两人便并排坐在柱子旁边的平台上，远远望去就好像两个好朋友在互诉衷肠一样。

坐在这个角度，他们可以看到学校西边的围墙，围墙外几棵树的树枝现在已经被积雪压得弯了下来，再远一点就是火车站了。

“咦？你怎么现在也没有回家？不需要回去收拾东西准备准备吗？”培克老师突然想起来。

“老师，对不起，我昨天的表现太让您失望了！”戴马亭并没有直面回答老师的提问，反而故意岔开了话题。

“你是说昨天上课念故事的事情吗？那个其实我并没有放在心上，你们都还是小孩子，心不在焉倒也正常。不过你是不是有什么心事？或许老师可以帮你分析分析。哦对了，还有昨天晚上话剧演出的时候……”培克老师突然又想起了戴马亭在舞台上的表现，继续说道，“别人也许没有发现什么，但我能看出你那一副心事重重的样子，到底怎么啦？家里出了什么事吗？”

面对培克老师的关心，戴马亭尽力隐藏在心底的悲伤又一下子涌了上来，他紧咬着牙根，想忍住哭泣，但晶莹的泪水还是像断了线的珍珠一样沿着脸

颊落了下来……

培克老师轻拍着他的肩膀，任由他尽情哭泣。看得出来，眼前这位少年的心中确实承受着不应该属于他的一份压力，要知道，他还只是个刚上中学的孩子呀！❶

过了一会儿，戴马亭终于停止了哭泣。培克老师用手将他脸上泪水的划痕抹去。

“老师，真是不好意思，让您见笑了！”戴马亭用手挠了挠头，脸不由自主地红了起来。

“别这样想，孩子。哭泣其实并不是懦弱的表现，它只是一种情绪的发泄。人都有七情六欲，谁没有哭过呢！经过刚刚的宣泄，你现在是不是感觉好了很多？”培克老师和蔼的话语像冬日里的阳光一样，给予了戴马亭很多温暖。

听到培克老师的发问，戴马亭狠狠地点了点头。

“那现在可以给老师讲一讲你放假却不回家的原因了吧？难道你爸爸妈妈不希望你回去吗？”

“不！他们特别盼望我能够在圣诞节回家，只是……”

“只是你自己不想回去？莫非你想和姚尼一样，留在学校陪伴和照顾邬理？其实有我和禁烟老师在，邬理你们就放心吧！”

“不是的，老师，其实我早就期待着能够回家和爸爸妈妈团圆了，不过……”话刚说到一半，戴马亭突然站起来，“老师，不好意思，我想回宿舍休息了。我们改天再聊吧。”

培克老师见状，一把拉住了他的胳膊。

“哎！你话还没说完呢！怎么说走就走！到底发生了什么事，想回家却还留在学校……”说着说着，培克老师突然明白究竟是什么原因了。

他拉着戴马亭重新坐到平台上，温柔地说道：“傻孩子，每一个人、每一个家庭甚至每一个国家都会碰到困难的时刻，没有钱并不能代表什么，更不是一种耻辱。心中有信念、对未来充满向往的人，一定能够渡过难关。想当年，我每天最发愁的事情还是家人给的生活费根本填不饱肚子呢！”培克老师用故作轻松的语气开导戴马亭。其实他的心里也感觉很不是滋味，体会过贫穷生活的培克老师也深深地为戴马亭的遭遇感到难过。❷

从这两天戴马亭的表现中可以看出，他对这件事有多么地在意，不能回家的事实着实带给了这位少年很大的影响。没钱，确实是一件让人难以启齿的事情，尤其是对于家境贫寒的戴马亭来说。培克老师心疼地看着眼前这位品学兼优的学生，内心不由得开始感叹命运的复杂。现在，一切都水落石出，培克老师也明白戴马亭为什么吞吞吐吐不好意思回答自己的提问了。此时的戴马亭紧闭双唇，努力克制着自己的情绪，他不想再让培克老师看到自己的眼泪。

经过一阵沉默之后，培克老师从衣服里掏出皮夹，拿了几张纸币塞到戴马亭的口袋里。

“不，老师，我不能要……”戴马亭一边说，一边赶忙把钱从口袋里取出来，想要还给老师。

“拿着！听话，不然老师就不高兴了！”培克老师重新把钱放到戴马亭的口袋里，并用手按住，“这些钱

❶戴马亭圣诞节不能回家的事，一直积压在心里，在遇到培克老师后，终于哭了出来。可见戴马亭对培克老师的信任。

❷培克老师用自己的经历安慰戴马亭，可见其心思的细腻，对学生的爱护之深切。

是老师的年终奖金，本来计划要和罗勃，也就是你们口中的禁烟老师，用这些钱出去旅游一趟，但现在我决定和他留在吉奇斯蒙镇过圣诞节了！这笔钱留着也没什么用，你放心拿着好了。”每当提到这位好友的时候，培克老师的神情便显得十分愉悦。

“我和罗勃最初是在这里相遇相识的，虽然这几年我们各自经历了很多事情，但吉奇斯蒙中学依旧是我们心中共同的家，重逢后的第一个圣诞在这个地方度过不是更有意义吗？至于旅游，相信以后的机会多得是。”

握着老师给的车费，戴马亭十分感动，他现在也不知道应该如何是好了。

经过内心的一番挣扎后，戴马亭决定接受培克老师的帮助。他抬起头，眼神中充满着感激之情。

“谢谢老师！这笔钱我一定想办法尽快还给您……”戴马亭对他心中极为敬爱的老师说道。

“不！”当戴马亭还想继续表达自己内心真挚的感谢时，培克老师抬起手打断了他的话语，“这是我送给你和你爸爸妈妈的圣诞礼物，希望能带给你们这个家庭快乐和温暖！我非常敬佩你的爸爸妈妈，能够教育出这么优秀的孩子，想来他们也一定十分令人尊敬。至于你，戴马亭，我和罗勃能够重新相逢，都是你和姚尼的功劳啊！你们给了我一个太大的惊喜。当年发生的事令我倍感惋惜，但我和罗勃之间的情谊绝不会被时间冲淡，这份人间最珍贵的友谊是用钱换不来的！”

尽管培克老师把话说到了这个份上，戴马亭仍旧在想着该说些什么来表达自己内心的感激。老师的雪中送炭带给了他莫大的信念与希望，他暗下决心，以后一定要好好报答培克老师今日的恩情。

“你快去宿舍收拾行李吧，再晚可就赶不上最后一趟火车了！”培克老师提醒戴马亭道。看着戴马亭犹豫的神态，老师继续说：“男子汉做事就要果断，快去！”

最后，戴马亭站在培克老师面前，深深地鞠了一躬，然后转身飞似的向宿舍跑去。

“戴马亭，圣诞快乐！”看到戴马亭转身离开，培克老师的心总算踏实了一些。他望着戴马亭的背影高兴地祝福道。

“圣诞快乐！新年快乐！”戴马亭快乐的声音像是飞扬的乐符，在这个已经沉寂了好长时间的校园里重新响起。❶

❶此处的比喻非常准确地表达出戴马亭内心的快乐。

听到自己学生那带着欢乐的祝福，看着戴马亭一扫阴霾的模样，培克老师的心情别提有多轻松了。果然，赠人玫瑰手有余香，能够帮助别人摆脱困境、找回幸福，真的是一件快乐的事，更何况现在帮助的还是自己的学生呢！想到这里，培克老师行走的脚步都不由得轻快了起来。他边走边吹着口哨，仿佛回到了年轻时代，看起来格外精神。穿过布满积雪的校园，培克老师不一会儿就走到了栅栏处。此时，禁烟车厢上的烟囱正冒着浓浓的白烟，像是在对客人的到来表示欢迎。“车厢里一定温暖极了。”培克老师在心里想到，他脚下的步伐也不觉加快了起来。

“嘭！”戴马亭冲进寝室的动静把姚尼吓了一跳。激动的戴马亭现在可来不及顾及这位朋友的感受，一下子跑到自己床前开始收拾东西。

“喂！你今天上午去哪了？我正找你呢！”姚尼大喊道。戴马亭的模样着实让姚尼像个丈二和尚——摸不着头脑。

“哦！原来是你！找我有事吗？没事的话快来帮我收拾行李吧！哦对了，最后一班车是几点来着？”戴马亭用匆忙的口气回复，但他脸上那兴奋的神情却丝毫没有因为着急而减少。

“我要回家！我要回家！”看到姚尼走到自己身旁帮忙，戴马亭开心地朝着姚尼喊道。

“你不是本来就要回家的吗？”虽然姚尼的心中满是疑惑，但看到戴马亭又恢复了以往那精神抖擞的样子，还是感到非常开心。两人一边收拾一边聊着天。

“诶对了，戴马亭，你可不可以和我说说这两天你到底发生了什么啊！不光是我，马提斯和塞巴修都觉得你很不对劲呢。”

“没啥大事，都已经过去啦！我现在可是开心得不得了！”虽然面前是自己最要好的朋友，但戴马亭还是不想把自己家里的烦恼丢给他，毕竟相比于没有家的姚尼而言，自己的情况要好很多。

“不过，我必须要告诉你的是，培克老师是这个世界上最好的老师！”说这句话的时候，戴马亭停下了手中的动作，看着姚尼郑重其事地说道。

“你现在才知道吗？”姚尼看着戴马亭那一本正经的模样不由得扑哧一声笑了出来，他补充道，“还有禁烟老师，他们都是最好的老师！而我们，就是世界上最幸运的学生！”

戴马亭的行李不是很多，再加上姚尼的帮忙，不一会儿便将所有的东西都收拾妥当了。看时间还早，戴马亭决定和姚尼一起去看望一下邬理。

邬理的病房里现在可谓热闹极了，除了校医和护士，邬理的爸爸妈妈也坐在床边聊起了天。看到戴马亭和姚尼的到来，邬理激动得差点从床上跳下来，幸好校医及时制止了他。

“戴马亭！你还没有回家吗？”邬理本以为戴马亭会搭今天的第一班车离开，没想到现在还能看到他，心里开心之余也产生了一丝疑惑。

“我坐今天的最后一班车走。”戴马亭再也不担心别人问他这个问题了。

紧接着，邬理向他的爸爸妈妈介绍起了自己的好朋友，在他的口中，姚尼是一位大文豪，而戴马亭则成了无所不能的大画家。

看到自己的儿子那神采飞扬的模样，邬理的妈妈才终于放心下来，她甚至感觉在家里都没见邬理这么开心过。邬理的妈妈从包裹里拿出自己在家中精心烘烤的小饼干，请邬理的好朋友吃。邬理的爸爸则坐在一旁，开始讲起了自己小时候做过的一些傻事。现场的两位少年仿佛感到邬理就是他爸爸的复制品。

“老话说得真没错，果然有其父必有其子啊！”邬理的妈妈说道。虽然她脸上笑眯眯的，但内心还是对自己的孩子感到非常心疼。

快乐的时间总是短暂的，一眨眼，最后一班车的发车时间就快到了。虽然邬理内心非常不舍，但戴马亭现在不得不离开了。

姚尼陪着戴马亭到了车站。现在已经是傍晚时分，偌大的候车厅只剩下稀稀疏疏几个人在等待着火车的到来，白天热闹喧嚣的车站在这个时候显得十分冷清。戴马亭的脑海里此时全是和爸爸妈妈团聚时的情景，尤其是在刚刚看到邬理一家人其乐融融的氛围之后，他更加归心似箭了。但是这份心情是不能和姚尼分享的，否则的话，自己的好朋友就会感到伤心了。

姚尼似乎也明白现在戴马亭的内心所想，他说：“其实，你不用替我难过的。虽然我很小的时候就被自己的亲生父母抛弃了，但船长和养父养母对我这么好，我一点都不觉得自己是个孤儿。况且，这么多年过去了，我已经习惯了一个人的生活，我有你们这帮关心我的朋友已经感觉非常幸福了！”姚尼紧握着戴马亭的手继续说：“虽然我没有家，但我每天都过得很快乐，你完全不用担心我的！”

感受到姚尼乐观向上的心态，戴马亭也觉得自己没必要再担心什么了。他在心里不由得对姚尼更加佩服起来，这种情况要是换作自己，还真不一定会是什么样呢！

“你手上拿的那是什么东西呀？”姚尼指着戴马亭手上的包裹问道。

“哦！这个是我换洗的衣服。”

那个包裹其实是戴马亭的爸爸妈妈从家里寄来的圣诞礼物，之前由于戴马亭的心情不好，包裹一直没有拆开。现在既然能够回家了，戴马亭便想着在父母面前接受这份独特的心意。

车来了，戴马亭和姚尼互相挥手告别。看到戴马亭消失在车厢里后，姚尼便一个人朝学校的方向走

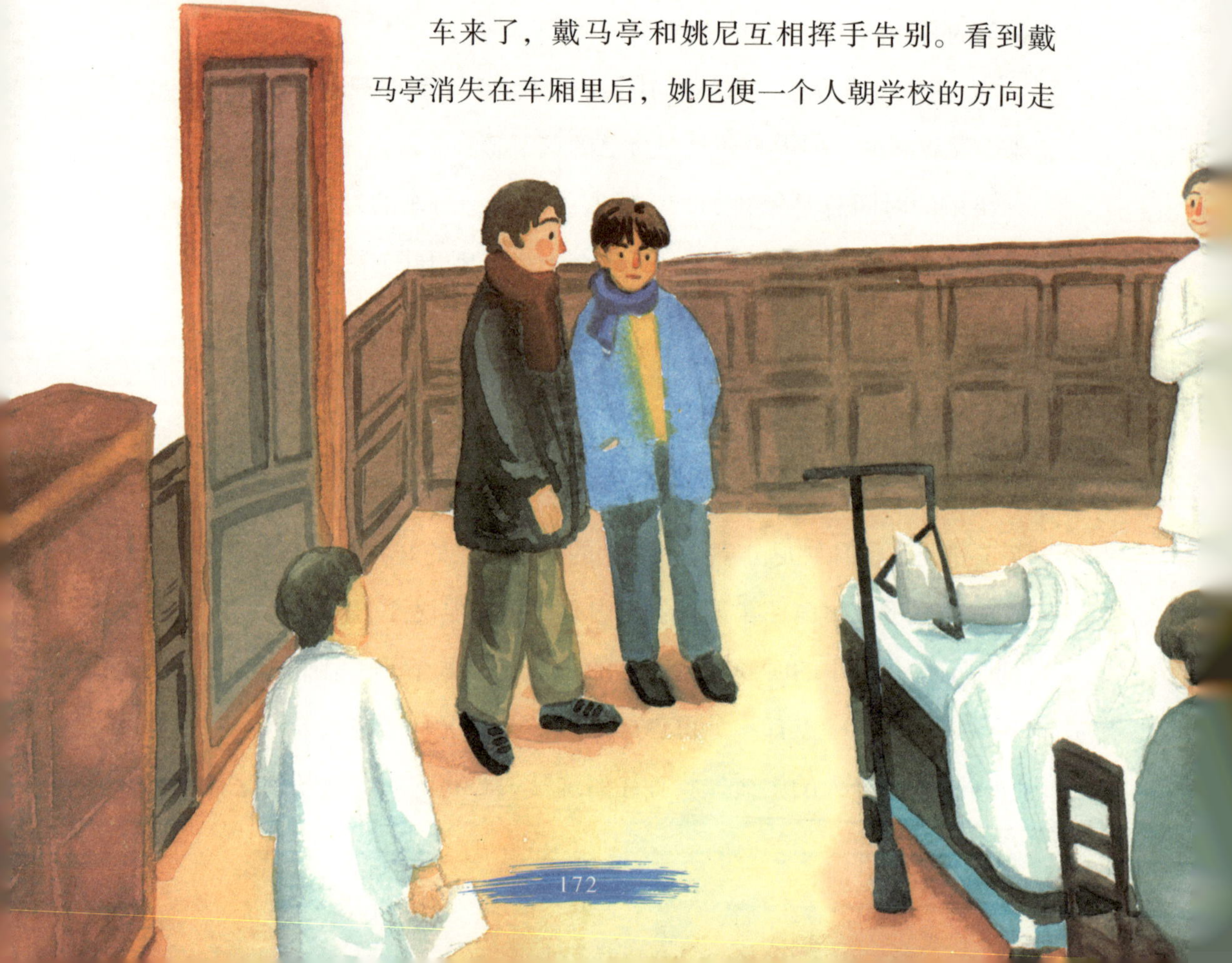

去了。

戴马亭愉快地拖着行李走在车厢的走道上，寻找着舒服的座位。每当经过一个乘客，他就会兴高采烈地向他们报以微笑。

“什么事这么让你开心？”一位老先生好奇地问道。

“圣诞节呀！”戴马亭高声回答。

日积月累

归心似箭　喧嚣　慢条斯理　上气不接下气　水泄不通　摩拳擦掌　提心吊胆　心事重重　水落石出　阴霾　郑重其事　有其父必有其子

延伸思考

1. 文中“落泪的少年”具体指谁？
2. 是谁给这位“落泪的少年”雪中送炭？请用自己的话讲述一下具体的过程。

第二十章　圣诞节祝福

名师导读

圣诞节的夜晚，就在家家户户都围着火炉庆祝节日的时候，一个小屋中却弥漫着无奈与哀愁。在这个本该家庭团圆的日子里，小屋中的这对夫妇只能想念自己远在学校的孩子，忧伤在漆黑的屋中不断蔓延。突然，小屋的门铃响了起来……

据天气预报显示，圣诞节当天会有一场罕见的大雪降临。果不其然，在天快要黑下来的时候，一片片鹅毛大雪从天空中飘落了下来，不一会儿，地上的积雪便厚了不少。

戴勒先生此时正双臂交叉站在窗口，眼睛一直望着窗外，好像在看雪，也好像在眺望着远方。他已经以这样一种姿势站了好长时间，或许，在他的心里正期望着什么人的出现吧！

时间已经很晚了，太阳早就不知道跑到哪儿去了，再加上黑乎乎的云层布满了天空，大地早已一片漆黑。不仅如此，戴勒先生的屋子里这时候也没有什么光线，几乎看不到任何东西。这个时候他们也想照亮小屋，像邻居那样愉快地过圣诞，但点灯实在是太耗电了，能省一点是一点吧！❶

❶小屋内的环境描写给人以一种凄清之感，烘托出屋内人物悲伤的心情。

“这雪下得好大啊！很久没有见过这样的情景了！”戴勒先生对坐在安乐椅上的太太说道。戴勒太太听到后并没有说话，只是看了看窗外然后略微点了点头，便叹了口气，无力地把眼睛闭了起来。

街道上，前一天还人潮拥挤的店铺早早地打了烊，路上行人也少了很多，可能都在各自的家中欢度圣诞吧！街道两旁，商店橱窗里的装饰、店门口的圣诞树还在不断闪烁着光芒，它们仿佛也想参与到这个热闹的节日中，感受人间的快乐与温暖。附近还有一些住宅小区，只见家家灯火通明，时不时还可以听到从屋子里传出来的阵阵欢笑声，让人听了都不由自主地笑起来。

“你说，我们的孩子现在正在做什么呢？”终于，戴勒太太打破了屋中沉寂的氛围，向她的丈夫问道，“学校现在一定没有什么人，他会不会感到孤单寂寞呀。第一次在外过节，真是太委屈孩子了。”戴勒太太的语气中充满了担忧与伤感。

“放心吧！”戴勒先生收回了朝向窗外的目光，走到妻子身后拍了拍她的肩膀，“戴马亭从小就很懂事，你又不是不了解他，他一定能够照顾好自己的。况且，他的好朋友姚尼不是也在学校嘛，这时候两个人肯定在快乐地玩耍呢！你不要想太多了！”

“不！我知道现在你和我的想法是一样的，戴马亭现在肯定快乐不起来。这个孩子对家里的感情很深，他也一定非常想念我们，整个假期都见不到我们，对他而言是一件极其痛苦的事啊！要我想啊，孩子这时候说不定正躲在角落里偷偷流泪呢，我一想到这个画面，心里就很难过。唉！见不到孩子的日子还有什么意义啊！”说着说着，戴勒太太的泪水也开始在眼眶里打着转，让人不由得心生怜悯。可怜天下父母心啊！

戴勒先生明白此时妻子内心的难受，他自己又何尝不是呢？他悄悄叹了口气。年底之前，已经有无数的家庭遭遇了失业的打击，经济萧条的大环境让他们的日子越过越艰难，甚至对很多人而言，有口吃的就已经很是不错了。作为其中的一员，戴勒先生对这样的现实实在是无可奈何。

“无论如何，都一定要咬紧牙关，一定要撑过这道坎！”戴勒先生在心里默默想着。作为一个家庭的顶梁柱，他此时的压力只有自己知晓。

“这对我们的孩子太不公平了！他还那么小，为什么要让他来承受经济不景气的苦，为什么要让他来遭受贫穷的待遇？”虽然戴勒先生已经尽力安慰自己的妻子，但戴勒太太依旧无法释怀。谁家的父母不是爱子心切呢？

天色已经完全黑了下来，在这本应该欢庆的时刻里，这对伤心的父母只是静静地坐在漆黑的屋子里，一点笑容也不曾显现。窗外，烟花不断在天空中绽放，孩子们的笑声充斥在这座城市中，然而房间里面，唯有无奈与哀愁在不断蔓延。

“点灯吧。”戴勒先生对太太说。

戴勒太太只好起身，拖着虚弱的身子走到小桌旁，拿起一盏小小的灯将它点亮了起来。微弱的灯光虽然不足以照亮整个屋子，但还是让房间不再那样漆黑与寂静，给这里带来了些许温暖和安详。

点亮小灯后，戴勒太太又取出了一颗小小的圣诞树，像对待珍贵物品似的把它轻轻放在桌子上。这棵圣诞树是去年一位在街头卖树的老伯伯送给戴马亭的。树虽然不大，但寓意依旧不会发生改变。只是戴马亭不在家中，这棵树为他们带来的乐趣也就降低了很多。

戴勒先生踱着步子走到了厨房里，从橱柜中找出去年圣诞节用剩下的蜡烛。幸好当时没舍得把这些用了半截的蜡烛扔掉，现在还可以把它插在圣诞树上做一点装饰。虽然蜡烛确实短了一些，但点起来之后装扮着圣诞树，让它看起来还是非常美丽。就这样，夫妻俩坐在圣诞树旁，一边把戴马亭的来信放在小灯下认真地读着，一边看着他寄来的画。

自从收到孩子从学校邮来的信件，这对父母不知道已经读了多少次。只要在他们没什么事闲下来的时候，两人便会从桌子的抽屉里小心翼翼地取出这封信，可能这是对他们最大的精神慰藉了吧。这些字、这张画，他们百看不厌。

“你说我们的儿子未来会不会成为一个有名的画家呀？你看这张画，画得多好看！”戴勒先生端详着戴马亭寄来的画，面带笑容地说道，“虽然我浑身上下也没有一个艺术细胞，是一个门外汉，但打心眼里喜欢这幅画，你看这上面的火车，多么生动形象啊！这绝不只是因为作者是我们的儿子，也是因为这幅画本身就非常棒，你说呢？”戴马亭的父亲一边说，一边还不时地将画举在空中，试着从不同角度欣赏自己眼中的佳作。

“我当然非常喜欢了，这可是我儿子画的呢！”戴勒太太看到自己儿子的作品，内心比之前稍微舒服了一些。“戴马亭这孩子从小到大都没有让我们操什么心，你说是吧。他不仅功课一直很好，画也画得好看，平日里在咱们身边都非常听话。我们究竟修了多大的福能够拥有这样的孩子啊。这孩子既乖巧又懂事，上天对我们也不薄啦，能够赐给我们一个这么好的孩子。这是我这辈子最幸福的事了。”戴勒太太还沉浸在刚才的欣慰之中。

“是呀！他长大以后一定会有出息的，比我这个当爸爸的强太多了。以后啊，我们的生活就不用再像现在这样令人忧心了。”

“我才不管他以后有没有出息，我也不指望他为家里做多么大的贡献。我只希望，我的儿子今后都健健康康地生活，每天都没有什么烦心事，这就够了。”戴勒太太说。

谈到自己的儿子，夫妻俩的语气不由自主地柔和了起来，心中的愁绪也逐渐被驱散开了。

戴勒先生又点着了几截蜡烛，顿时，室内烛光摇曳，温暖的氛围洒满了这间小小的屋子，看起来温馨极了。

“太太，圣诞快乐！”戴勒先生温柔地捧起妻子的手，注视着这位陪伴自己度过十几个春秋、为家庭付出了无数心血的女人，然后轻轻在她的脸颊上亲吻了一下。

“谢谢你，我的挚爱，也祝你圣诞快乐！”

之后，夫妻二人肩并着肩，一同躺在安乐椅上慢慢摇晃着，脑海中不断回想这些年经历过的点点滴滴。蜡烛越燃越旺，它们发出的光和热为这个家庭传递着温暖与光明。

远处，歌声不断传到房间里，给这里增添了圣诞节的氛围。屋外的雪也下得更大了。

突然，一阵急促的门铃声打破了室内的寂静。戴勒夫妇对此并没有理会，这个时候，大家都在家里围着火炉聊天玩耍，谁会在圣诞夜来找他们呢？一定是有人敲错门了。然而过了一会，门铃声又一次响了起来。

“太太，你去看看吧！如果是路上的乞丐就说两句好话打发走吧，告诉他我们都已经揭不开锅了。”

戴勒太太慢慢站起来走了过去，打开了门……

“啊！戴马亭！你怎么回来了！”看到朝思暮想的儿子就站在自己的眼前，戴勒太太简直不敢相信自己的眼睛。她揉了揉眼睛，把自己的孩子拥抱在了怀里。

“是戴马亭！我的孩子！回来了就好，回来了就好啊！”

正在安乐椅上闭目养神的戴勒先生听到妻子兴奋激动的叫声，赶忙跑了出来。当他看到戴马亭出现在门口的时候，不禁呆住了。

戴马亭把手里的行李放在地上，双臂紧紧地拥抱着自己的妈妈。站在一旁的戴勒先生此时眼睛都变红了。

“我是在做梦吗？我的孩子回来了？谁来告诉我，这究竟是不是梦！”戴勒先生用手掐了一下自己的胳膊，想要验证一下自己现在看到的都是事实。“难道是老天听到了我们内心的渴望，把我们的儿子送回来了吗？”

过了好久，一家三口才从团圆的激动情绪中恢复了过来。

“快，先进去，坐下来暖暖身子，外面很冷吧！”戴勒太太激动地拉着自己的孩子匆匆走到了桌子旁。

“戴马亭，你快告诉我们这是怎么回事啊？你为什么突然回来了呀！”

“对呀！我们都没有寄钱给你，你哪来的钱呢？”

戴马亭刚坐到小板凳上，就迎来了爸爸妈妈急切的询问。

“是培克老师给我的。”戴马亭回答道，提到培克老师，这位少年的眼神中充满了敬爱与感动，“我从收到妈妈的信开始，心里就一直很难过，做什么事都心不在焉的，就连上课

时候读文章都念错了好多。培克老师注意到我跟平常不太一样，就一直悄悄观察着我。最后一天，同学们都离开学校之后，我一个人躲在校园的一个小角落里哭泣，被培克老师发现了。”

说到这里，戴马亭不好意思地看了看妈妈，毕竟妈妈在信中告诫过他男孩子不能随便哭泣的。戴勒太太哪里会真的在意这个，只是心疼地把自己的孩子搂在怀里。

感受到母亲温暖的戴马亭继续说道：“后来，培克老师把自己和朋友过圣诞节的钱送给了我当车费，还要我代他问候爸爸妈妈。”

❶此刻戴勒夫妇的神态、屋内的环境与之前形成了鲜明的对比，表现出人物内心的欢乐、精神的振奋。

“真是太感谢培克老师了，愿好人一生平安！”戴勒太太的声音都已经开始颤抖，她实在是太感激老师了。

“你喜欢我们送给你的礼物吗？”戴马亭的爸爸对儿子问道。

“因为赶着回家，我还没有来得及拆开看呢！”戴马亭笑呵呵地说。

从旁边取过爸爸妈妈送到的礼物，那个包裹依然完好如初。戴马亭小心翼翼地将包装纸一层层撕开，里面的东西逐渐显露了出来。

“哇！这么多东西！”看到礼物的戴马亭激动地叫了起来。他看到那个包裹里面，有妈妈亲手缝制的睡衣和厚厚的毛袜，还有一盒巧克力饼干、一本素描簿，以及他想念了好久的彩色铅笔。

“谢谢爸爸妈妈！”戴马亭高兴得蹦了起来，不断亲吻着爸爸妈妈的脸颊。

这一家人的圣诞夜现在才正式开始。戴勒太太好像突然浑身充满了力量，在厨房和客厅之间来回走动，只见她一会儿煮着热气腾腾的咖啡，一会儿又跑到火炉前煎了一份戴马亭最爱吃的蛋饼。戴勒先生将所有的蜡烛都点燃了起来，把家里所有的灯也都拿了出来，家里更加亮堂了。❶

全家人围坐在小桌旁，吃着他们心中最丰盛的晚餐。虽然并没有什么山珍海味，但戴马亭的内心感觉自己是世界上最幸福的孩子了。戴勒夫妇坐在他的身旁，看着儿子狼吞虎咽的模样，也露出了愉快的笑容。

吃完东西后，戴马亭心满意足地打了个饱嗝，还摸了摸自己的肚子，把爸爸妈妈逗得哈哈大笑。紧接着，他拿出素描簿和彩色铅笔，想用这一份刚刚打开的圣诞礼物给培克老师画一幅画。

只见他托着自己的小脑袋构思了一会儿，便开始在纸上涂涂画画起来。戴勒太太走到厨房去刷碗了，戴勒先生则在戴马亭身旁看着儿子创作的过程。

首先，戴马亭在纸上画了一位看起来非常年轻英俊的绅士，但与常人不同的是，他的背上还长了一对天使的翅膀。这位绅士站立在云层中，形象非常高大潇洒。随后，一个哭泣的少年出现在了绅士的翅膀下。这位少年抬头仰望着天使，眼神中充满尊敬与感激。❶

戴勒太太这时候也坐在了戴马亭身旁，夫妻二人看到这幅画后不禁会心一笑。

整幅画创作结束后，戴马亭在图画底下写了一行字：“献给圣诞节的天使——培克老师。”

在看儿子画完后，戴勒夫妇二人也写了封简短的信，向培克老师对自己家庭的照顾表示最真挚的感谢！

在一切都准备结束后，一家人穿上厚厚的衣服，拿着信件和作品向附近的邮局走去。他们希望培克老师能够在圣诞假期的第一天就收到这封信，感受到他们的这份心意。

此时，雪已经不再下了，天空被地上的白雪映照得好像白昼一般。街上的圣诞树依旧在闪烁着，寂静的街道并没有之前那样冷清了，反而充斥着一种别样的欢乐。戴马亭高兴地在马路上蹦来蹦去，在父母的面前，他完全没有了当班长的模样，尽情展现着自己的那颗童心。天气依旧很冷，但这一家人的内心都被亲情的温暖感动着。

抬起头仰望着星空，戴马亭突然想起了最近刚读过的一本天文书籍。

“现在我们所看到的头顶上的星光，可都是几千万年甚至几亿年前才发出来的！”戴马亭骄傲地向爸爸妈妈炫耀着自己的新知识，“因为那些星球都离我们太远了，所以光线经过这么长的时间才到达地球，现在那些星星可能都已经不复存在了，但他们发出的光芒依旧在宇宙间穿行，传到了我们的眼睛里。”

“哦，这是真的吗？真神奇。”戴马亭的妈妈惊奇地问道。她对天文知识没有什么兴趣，也从来没有尝试着去了解过，现在听到儿子这么说，顿时感到了大自然的神奇和伟大。

“确实如此。”戴勒先生得意地握着戴马亭的手，自己儿子的知识量真是越来越丰富了！

一家人就这样大手牵着小手在马路上一直走着。❷

戴马亭给爸爸妈妈讲解了学校中的很多趣事，还特别提到了姚尼写《会飞的教室》剧本的事情，戴马亭的爸爸妈妈对这个素未谋面的孩子也非常欣赏，觉得姚尼有当大作家的潜质。

三人走到家门口后，戴马亭再一次抬头望了望天空……就在这时，一颗流星无声地从天空中划过，落在地平线下。天空中留下了一道美丽的划痕。

戴马亭赶忙将双手拿到胸前，闭上眼睛对着天空许愿：“我希望我的爸爸妈妈，还有培克老师、禁烟老师、姚尼、马提斯、邬理、塞巴修，还有我自己，每天都能够快乐、幸福！”

戴马亭在心里默念着，脸上洋溢着愉悦的笑容。

流星坠落了，然而这个心愿却是永恒的……

❶将培克老师比作天使画在画中，表达了戴马亭对老师发自心底的、真挚的感激。

❷简单的情景描写，仿佛再现了普通一家三口的幸福生活，给人以温馨之感。

日积月累

黑乎乎　释怀　摇曳　完好如初　狼吞虎咽　会心一笑

延伸思考

1. 请简要概述文中戴勒夫妇的人物特点。
2. 请谈谈你对文末最后一句话“流星坠落了，然而这个心愿却是永恒的……”的理解。

《会飞的教室》读后感

《会飞的教室》是德国作家艾利克·卡斯特纳（Erich Kästner，1899-1974）创作的一部长篇小说。小说以孩子们自编、自导、自演的一场话剧为线索，讲述了吉奇斯蒙中学一群天真烂漫的少年和两位老师之间令人感动的一件件故事。故事情节跌宕起伏，引人入胜。

书中的主人公们各有各的特点：胆小而又不甘心被人嘲笑的邬理、勇敢却经常饿肚子的马提斯、品学兼优的班长戴马亭、“大作家”姚尼和沉着稳重的塞巴修。除此之外，喜欢和学生们谈天说地的禁烟老师以及充满正义感的培克老师，都以鲜明、独特的形象给读者留下了难忘的印象。

小说的内容十分贴近读者的真实生活，这本书恰恰是中学生校园生活的风景录，书中的友谊之情、师生之爱充分地表达出校园里人与人之间的温暖和真情。当葛洛迪被职校生抓走后，同学们团结一心对抗“敌人”；当发现禁烟老师和培克老师之间的秘密时，少年们创造机会使其重逢；还有节假日孩子们聚在禁烟车厢花圃旁的情景，足以给人带来美妙的阅读享受。

与此同时，小说也传达了“人生并非一帆风顺”的观点。姚尼从小被父母抛弃、邬理从高空跃下证明自己、戴马亭因家中拮据无法回家等等的事例，仿佛重现了现实生活里学生心中的困难与挫折，也告诉了我们只有正面迎接这些挑战，才能变得更加坚强。

教室真的会飞吗？答案当然是否定的。但在少年们的想象中，一切都可以实现。在这间“会飞的教室”中，主人公们向读者展示了无价的友情，也为我们描述了一个更广阔、更神奇的世界。

插上梦想的翅膀，未来的一切会变得更加美好。正如书末所写的：虽然流星会坠落，但心愿却可以是永恒的。